As 1001 Noites

A HISTÓRIA DE Sherazade E OUTROS CONTOS

Título original: *Les Mille Et Une Nuits*

Direção Editorial ***Ethel Santaella***

REALIZAÇÃO

GrandeUrsa Comunicação

Direção *Denise Gianoglio*
Tradução *Otavio Albano*
Revisão *Luciana Maria Sanches*
Capa, Projeto Gráfico e Diagramação *Idée Arte e Comunicação*
Ilustração de Capa *Leon Carré*

Dados Internacionais de Catalogação na Publicação (CIP)
(Câmara Brasileira do Livro, SP, Brasil)

Galland, Antoine, 1646-1715
As mil e uma noites : a história de Sherazade e outros contos / versão de Antoine Galland ; tradução Otavio Albano. -- São Paulo : Lafonte, 2022.

Título original: Les mille et une nuits
ISBN 978-65-5870-309-9

1. Contos árabes - Adaptações 2. Contos franceses I. Título.

22-133200 CDD-843

Índices para catálogo sistemático:

1. Contos : Literatura francesa 843

Cibele Maria Dias - Bibliotecária - CRB-8/9427

Editora Lafonte

Av. Profª Ida Kolb, 551, Casa Verde, CEP 02518-000, São Paulo-SP, Brasil – Tel.: (+55) 11 3855-2100
Atendimento ao leitor (+55) 11 3855-2216 / 11 3855-2213 – atendimento@editoralafonte.com.br
Venda de livros avulsos (+55) 11 3855-2216 – vendas@editoralafonte.com.br
Venda de livros no atacado (+55) 11 3855-2275 – atacado@escala.com.br

As 1001 Noites

A HISTÓRIA DE Sherazade E OUTROS CONTOS

Tradução
Otavio Albano

Brasil, 2022

Lafonte

SUMÁRIO

7 A História de Sherazade

43 O Burro, o Boi e o Lavrador

63 O Mercador e o Gênio

81 A História do Primeiro Velho e da Corça

97 A História do Segundo Velho e dos Dois Cães
111 A História do Pescador
127 A História do Rei Grego e do Médico Dubã
137 A História do Marido e do Papagaio

Léon Carré
1878

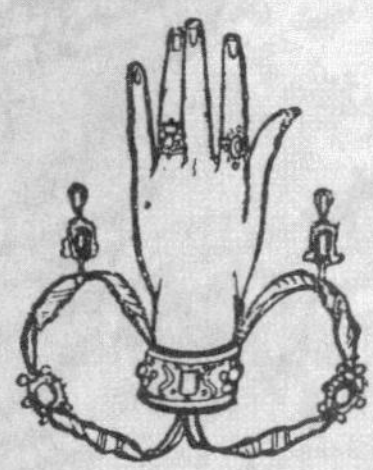

A HISTÓRIA DE Sherazade

As crônicas dos sassânidas, antigos reis da Pérsia, que estenderam seu império às Índias e às grandes e pequenas ilhas que delas dependem — muito além do Ganges, até a longínqua China — relatam que houve certa vez um rei dessa poderosa dinastia que foi o monarca mais admirável de seu tempo. Tornou-se tão amado por seus súditos, dadas sua sabedoria e prudência, que seus vizinhos passaram a temê-lo apenas pelos rumores de seu valor e pela reputação de suas tropas guerreiras e bem disciplinadas.

Léon Carré
1878

Teve dois filhos: o mais velho, chamado Schahriar, digno herdeiro do pai, possuía todas as suas virtudes; e o mais jovem, Schahzenan, detentor dos mesmos méritos que o irmão.

Após um longo e glorioso reinado, o rei morreu, e Schahriar ascendeu ao trono. Schahzenan, excluído de qualquer parte da partilha pelas leis do império, viu-se obrigado a viver como cidadão comum, mas, em vez de sofrer impacientemente pela felicidade do irmão mais velho, dedicou-se totalmente a agradá-lo, tendo poucas dificuldades para ser bem-sucedido nessa tarefa. Schahriar, que tinha uma afeição natural pelo príncipe, ficou encantado com sua generosidade e, tanto pelo excesso de amizade que nutria por ele como pelo desejo de compartilhar seus Estados, presenteou-lhe com o reino da Grande Tartária. Assim, Schahzenan foi tomar posse de seus domínios e estabeleceu residência em Samarcanda, sua capital.

Os dois reis já estavam separados havia dez anos quando Schahriar, desejando fervorosamente rever o irmão, resolveu enviar um embaixador para convidá-lo a uma visita. Escolheu para tal incumbência seu primeiro vizir[1], que partiu com uma comitiva adequada ao seu valor, com toda a rapidez possível. Quando ele estava perto de Samarcanda, Schahzenan, informado de sua chegada, foi ao encontro do vizir com os principais dignatários da corte, que, em honra ao ministro do sultão, apresentaram-se todos esplendidamente vestidos. O rei da Tartária o recebeu com grandes demonstrações de alegria e pediu, antes de tudo, notícias do irmão, o sultão. O vizir satisfez sua curiosidade, explicando a seguir o motivo de sua missão. Schahzenan ficou muito emocionado. — Sábio vizir — disse ele — meu irmão, o sultão, honra-me em demasia, e não seria capaz de oferecer nada que me fosse mais agradável. Se ele deseja me ver, o mesmo desejo me angustia. O tempo, não tendo diminuído sua amizade, tampouco enfraqueceu a minha. Meu reino está em paz, e necessito de apenas dez dias para ter condições de partir em sua

1 Ministro ou governador nomeado pelo soberano de um reino muçulmano. (N. do T.)

companhia. Sendo assim, não acredito ser necessário que entre na cidade por tão pouco tempo. Rogo-lhe que pouse neste mesmo lugar e arme aqui suas tendas. Mandarei lhe trazer muitos refrescos, bem como a todos os membros de sua comitiva. — O prometido foi cumprido imediatamente: mal havia o rei retornado a Samarcanda, e o vizir viu chegar uma quantidade prodigiosa de todo tipo de provisões, acompanhadas de guloseimas e presentes de extremo valor.

Enquanto isso, Schahzenan, como parte dos preparativos para a partida, resolveu os assuntos mais urgentes e estabeleceu um conselho para governar o reino durante sua ausência, colocando à frente deste um ministro cuja sabedoria reconhecia e em quem tinha total confiança. Ao fim de dez dias, com seu séquito à disposição, despediu-se da rainha, sua esposa, e deixou Samarcanda à noite, dirigindo-se ao pavilhão real que fora erguido perto das tendas do vizir, seguido pelos oficiais que deviam acompanhá-lo. Então, conferenciou com o embaixador até a meia-noite; depois, querendo mais uma vez beijar a rainha — que ele amava imensamente — voltou sozinho ao palácio. Seguiu direto aos aposentos de sua alteza, que, não esperando vê-lo novamente, recebera no leito um dos mais irrelevantes oficiais de sua dinastia. Estavam na cama há um bom tempo, por isso, dormiam profundamente.

O rei entrou sem fazer barulho, muito satisfeito em surpreender com seu retorno uma esposa por quem julgava ser amado. Mas qual não foi seu espanto quando, à luz das tochas — que nunca se apagavam à noite nos aposentos reais — distinguiu um homem nos braços dela. Ficou imóvel por alguns instantes, sem saber se deveria acreditar no que via. Entretanto, incapaz de qualquer dúvida, retrucou consigo:
— O quê? Mal saí de meu palácio, estando ainda dentro dos muros de Samarcanda, e já ousam me insultar! Ah, traiçoeira! Seu crime não ficará impune. Como rei, devo punir as transgressões que são cometidas em

meus Estados e, como esposo ofendido, devo sacrificá-la por meu justíssimo ressentimento. — Então, o infeliz monarca, cedendo ao primeiro impulso, desembainhou o sabre, aproximou-se da cama e, com um único golpe, fez com que os culpados passassem do sono à morte. Depois, agarrando-os um de cada vez, lançou-os pela janela na direção do fosso que cercava o palácio.

Estando, assim, vingado, o rei saiu da cidade da mesma maneira como entrara e se retirou para seu pavilhão. Ali chegando, sem contar a ninguém o que acabara de fazer, ordenou que as tendas fossem desmontadas e que partissem imediatamente. Em pouco tempo, tudo estava pronto, e o dia ainda não havia raiado quando partiram, ao som dos tímpanos e vários outros instrumentos, suscitando alegria em todos os presentes, à exceção do soberano. O monarca, ainda tomado pela infidelidade da rainha, era vítima de uma terrível melancolia incapaz de abandoná-lo por toda a viagem.

Quando se encontrava perto da capital das Índias, ele avistou à frente o sultão Schahriar, aproximando-se com toda a sua corte! Que alegria era o reencontro dos dois príncipes! Ambos desmontaram para se abraçar e, depois de mil sinais de afeto mútuo, montaram uma vez mais nos cavalos e entraram na cidade sob as aclamações de uma multidão incalculável de pessoas. O sultão conduziu o rei, seu irmão, ao palácio que havia preparado para ele. Essa construção se comunicava com o palácio real por um único jardim, ainda mais deslumbrante do que a residência oficial, pois se destinava às festas e diversões da corte. Seu esplendor também havia sido intensificado com a instalação de nova mobília.

Schahriar deixou o rei da Tartária sozinho assim que eles chegaram, dando-lhe tempo de se banhar e trocar de roupa; porém tão logo soube que estava pronto, foi à sua procura. Sentaram-se em um sofá e, como os cortesãos se mantinham respeitosamente longe, ambos passaram a conversar acerca de tudo o que dois irmãos — unidos ainda mais pela amizade do que pelo sangue — têm a dizer um ao outro depois de uma longa separação. Chegada a hora da ceia, comeram juntos e, depois da refeição, retomaram a conversa, que durou até que Schahriar, percebendo que a noite já avançara muito, retirou-se para o irmão descansar.

O desafortunado Schahzenan foi para a cama, mas, se a presença do irmão, o sultão, conseguira suspender suas dores por algum tempo, elas se restabeleceram violentamente logo depois. Em vez de desfrutar do descanso de que precisava, ele simplesmente sugeria as mais cruéis reflexões à memória. Todas as particularidades da infidelidade da rainha desfilavam diante de sua mente com tanta vivacidade, que ele parecia estar fora de si. Por fim, sem conseguir dormir, levantou-se e, entregando-se inteiramente a esses pensamentos angustiantes, apareceu em seu semblante uma tal expressão de tristeza que o sultão não pôde deixar de notar. — Qual será o problema com o sultão da Tartária? — perguntava ele. — Quem poderia causar essa tristeza que vejo nele? Teria ele motivos para reclamar da recepção que lhe dei? Não! Recebi-o como um irmão amado, e não tenho nada a censurar em minha conduta. Talvez esteja pesaroso por se ver longe de seu Estado, ou da rainha, sua esposa. Ah, se é isso que o aflige, devo lhe oferecer imediatamente os presentes que pretendia, para que ele possa partir quando quiser de retorno a Samarcanda. — Com efeito, no dia seguinte, enviou-lhe alguns dos presentes, que estavam entre as coisas mais raras, ricas e singulares produzidas nas Índias. E, incessantemente, tentou entretê-lo dia após dia com novos prazeres; mas, mesmo as festas mais aprazíveis, em vez de o regozijarem, apenas lhe provocavam mais tristeza.

Certo dia, depois que Schahriar organizara uma grande caçada a dois dias de sua capital — em uma região onde abundavam os cervos — Schahzenan pediu para ser dispensado de acompanhá-lo, afirmando que sua saúde não lhe permitiria desfrutar da caça. O sultão, não querendo obrigá-lo, liberou-o da função, e foi se divertir com toda a corte. Após sua partida, o rei da Grande Tartária, vendo-se sozinho, trancou-se em seus aposentos. Sentou-se diante de uma janela que dava para o jardim. Tanto aquele belo lugar como o canto de uma infinidade de pássaros que ali se abrigavam teriam lhe dado prazer, se ele fosse capaz de senti-lo, mas, ainda dilacerado pela funesta lembrança do ato infame da rainha, preferiu elevar os olhos ao céu para reclamar de seu infeliz destino a fixá-los no jardim.

No entanto, mesmo ocupado com seus infortúnios, não deixou de perceber um objeto que atraíra toda a sua atenção. Uma porta secreta do palácio do sultão se abriu subitamente, e de lá saíram vinte mulheres, dentre as quais caminhava a sultana, com um ar que a tornava fácil de distinguir. A princesa, acreditando que o rei da Grande Tartária também saíra para caçar, avançou decidida até as janelas dos aposentos do monarca, que, curioso, postou-se de tal modo que pudesse observá-la sem ser visto. Notou que as damas que acompanhavam a sultana, indo contra todas as restrições, desnudaram o rosto que até então cobriam e tiraram os compridos trajes que usavam sobre vestes mais curtas. Entretanto, o que mais o espantou foi notar que, em meio ao cortejo, que lhe parecera inteiramente composto de mulheres, havia dez negros, cada um com sua concubina. A sultana, por sua vez, não ficou muito tempo sem amante, batendo palmas e gritando: — Masoud, Masoud! — ao que, imediatamente, outro negro desceu do alto de uma árvore e correu para ela com grande ansiedade.

O pudor não me permite contar tudo o que se passou entre as mulheres e os negros, um detalhe que é desnecessário reportar. Basta dizer que Schahzenan viu o suficiente para julgar que o irmão não era menos digno de pena do que ele. Os prazeres dessa turba sensual se prolongaram até a meia-noite. Então tomaram banho, todos juntos, em um grande lago que formava um dos maiores ornamentos do jardim; em seguida, novamente vestidos, entraram uma vez mais pela porta secreta no palácio do sultão, e Masoud, que pulara o muro do jardim, voltou pelo mesmo lugar.

Como tudo aquilo se passara diante dos olhos do rei da Grande Tartária, originou-se em sua mente uma infinidade de reflexões. — Como não tinha razão — dizia ele — para crer que meu infortúnio era tão singular! Trata-se, sem dúvida, do destino inevitável de todos os maridos, já que nem mesmo meu irmão, o sultão, soberano de tantos Estados, o maior monarca do mundo, não foi capaz de evitá-lo. Assim, como sou fraco em me deixar consumir pela dor! Então basta, a lembrança de um infortúnio tão ordinário não perturbará mais o resto da minha vida. — De fato, a partir daquele momento, deixou de sofrer e, como não quisera jantar antes de ver toda a cena que acabara de ser representada sob as janelas, serviu-se então, comendo com mais apetite do que fizera desde sua partida de Samarcanda, e ouviu com certo prazer um agradável concerto de vozes e instrumentos que acompanhou a refeição.

Nos dias seguintes, encontrava-se de muito bom humor e, quando soube que o sultão estava de volta, foi ao encontro dele e o cumprimentou com um ar jovial. A princípio, Schahriar não percebeu nenhuma mudança, preocupando-se apenas em se queixar gentilmente de que o irmão se recusara a acompanhá-lo na caçada; e, sem lhe dar tempo de responder às suas censuras, contava-lhe o grande número de cervos e outros animais que havia abatido e, por fim, como se divertira. Schahzenan, depois de ouvi-lo com toda a atenção, tomou a palavra. Como não sofria mais nenhuma dor que o impedisse de exibir o quão espirituoso era, proferiu inúmeras coisas agradáveis e divertidas.

O sultão, que esperava encontrá-lo no mesmo estado em que o deixara, ficou encantado ao vê-lo tão feliz. — Meu irmão — disse-lhe — dou graças aos céus pela feliz mudança que se produziu durante minha ausência. Uma verdadeira felicidade me domina, mas tenho algo a lhe pedir, e imploro que me conceda o que estou prestes a requerer. — O que poderia recusar a meu irmão? — respondeu o rei da Tartária. — Você tem todo poder sobre mim. Diga! Mal posso esperar para saber o que você quer de mim. — Desde que você chegou à minha corte — continuou Schahriar — vi-o mergulhado em uma sinistra melancolia que, em vão, tentei dissipar com todo tipo de divertimento. Imaginei que sua dor era causada por se encontrar longe de seus Estados, ou por amor, sendo a rainha de Samarcanda — sua escolhida em virtude da beleza exemplar — a causa de seus males. Não sei se me enganei em minhas conjecturas, mas lhe confesso que é sobretudo por isso que não quis incomodá-lo com minhas suposições, por medo de desagradá-lo. No entanto, sem que eu tenha contribuído de nenhuma maneira, encontro-o ao meu retorno com o melhor humor do mundo, com a mente totalmente limpa daquela névoa enegrecida que perturbava todo ânimo. Por favor, diga-me por que estava tão triste e, agora, não está mais.

Diante de tal discurso, o rei da Grande Tartária permaneceu divagando por algum tempo, como se estivesse tentando responder. Por fim, voltou a falar, nestes termos: — Você é meu sultão e mestre, mas, por favor, dispense-me de lhe dar a explicação que acaba de pedir. — Não, meu irmão — retrucou o sultão — deve me conceder o que lhe solicitei. É meu desejo, não negue uma vontade minha. — Schahzenan não pôde resistir às súplicas de Schahriar. — Pois bem, meu irmão — disse — vou cumprir com sua vontade, já que me ordena. — Relatou, então, a infidelidade da rainha de Samarcanda e, quando terminou a história, arrematou: — Eis a causa de minha tristeza, pode me julgar equivocado ao me abandonar a ela. — Ah, meu irmão! — exclamou o sultão, em um tom que exibia o quão profundamente se condoía do rei da Tartária — que história horrível acabou de me contar! Com que impaciência ouvi até o fim! Enalteço-o por ter punido os traidores que o ofenderam tão profundamente. Você não pode ser culpado por essa ação: agiu com justiça; de minha parte, confesso que em seu lugar talvez eu demonstrasse menos moderação. Não teria tirado a vida de apenas uma mulher, acredito que teria sacrificado mais de mil à minha raiva. Não estou surpreso com suas tristezas: a causa era muito forte, e vergonhosa demais para não sucumbir a ela. Ó, céus! Que aventura! Não, acho que nunca aconteceu nada parecido com ninguém além de você. Mas, no fim, você deve louvar a Deus pelo consolo que lhe deu e, como não tenho dúvidas de que seu conforto é bem fundamentado, tenha a bondade de me confiar inteiramente do que se trata.

Nesse ponto, Schahzenan teve mais dificuldade do que no anterior, em razão do que implicaria ao irmão contar o que lhe sucedera; era, no entanto, necessário ceder às suas novas súplicas. — Vou obedecê-lo, então — disse — já que esse é absolutamente seu desejo. Temo que minha obediência lhe cause mais sofrimento do que aquele por que passei, mas será você o único culpado, já que me obriga a lhe revelar algo que eu preferiria sepultar no esquecimento eterno. — O que está me dizendo — interrompeu Schahriar — só excita minha curiosidade; apresse-se então a revelar tal segredo, não importando sua natureza. — O rei da Tartária, incapaz de continuar a se esquivar, relatou, então, tudo o que vira: os negros disfarçados e o comportamento da sultana e de suas companheiras, sem se esquecer de Masoud. — Depois de ter testemunhado tais baixezas — continuou ele — passei a acreditar que todas as mulheres têm uma inclinação natural para esse tipo de atitude, e não podem resistir a essa tendência. Conhecedor disso, pareceu-me ser sinal de grande fraqueza um homem relacionar sua paz à fidelidade. Essa reflexão me levou a muitas outras e, por fim, julguei que o melhor a fazer seria simplesmente me resignar. Depois de certo esforço, consegui fazê-lo e, se acredita em mim, deve seguir meu exemplo.

Embora fosse um conselho perspicaz, o sultão não pôde respeitá-lo. Pelo contrário, ficou furioso. — O que me diz é que a sultana das Índias é capaz de se prostituir da maneira mais indigna! Não, meu irmão — acrescentou — não posso acreditar no que me diz, a menos que veja com meus próprios olhos. Sua vista deve tê-lo enganado, o caso é suficientemente grave para que eu me assegure de sua certeza. — Meu irmão — respondeu Schahzenan — se quiser ver com os próprios olhos, não será muito difícil: basta partir em outra viagem de caça. Quando já tivermos saído da cidade com nossas respectivas cortes, pararemos sob nossos pavilhões e, à noite, voltaremos só nós dois aos meus aposentos. Estou certo de que, no dia seguinte, você verá o que vi. —
O sultão aprovou o estratagema e ordenou uma nova caçada imediatamente; no mesmo dia, os pavilhões foram erguidos no local designado.

No dia seguinte, os dois príncipes partiram com as comitivas. Chegaram ao lugar onde deveriam acampar, ali permanecendo até o anoitecer. Então, Schahriar convocou seu grão-vizir e, sem lhe revelar seu plano, ordenou que ficasse no lugar dele enquanto estivesse ausente, não deixando ninguém sair do acampamento, não importando o motivo. Assim que deu essa ordem, o rei da Grande Tartária e ele montaram a cavalo, passaram incógnitos pelo acampamento, voltaram para a cidade e se dirigiram ao palácio que Schahzenan ocupava. Deitaram-se e, na manhã seguinte, postaram-se diante da mesma janela de onde o rei da Tartária vira a cena com os negros. Eles desfrutaram do frescor do clima por algum tempo, pois o sol ainda não havia nascido e, mesmo conversando, não deixavam de vigiar a porta secreta. Finalmente a porta se abriu e, para relatar o que se passou em poucas palavras, a sultana apareceu — com as companheiras e os dez negros disfarçados — e chamou Masoud; e o sultão pôde ver mais do que o suficiente para ficar totalmente convencido de sua vergonha e infortúnio. — Ó, Deus — exclamou ele — quanta indecência! Que horror! Como é possível a esposa de um soberano como eu ser capaz dessa infâmia? Depois disso tudo, que príncipe ousará se gabar de ser completamente feliz? Ah, meu irmão — continuou ele, abraçando o rei da Tartária — renunciemos nós dois ao mundo, não há mais boa-fé nesta terra: se nos bajulam de um lado, atraiçoam-nos do outro. Abandonemos nosso Estado e todo o brilho que nos cerca. Vamos para reinos estrangeiros, levar uma vida obscura e esconder nosso infortúnio. — Schahzenan não aprovou essa decisão, mas não ousou lutar contra ela em meio ao acesso de raiva em que via Schahriar. — Meu irmão — disse-lhe — meu desejo é igual ao seu, e estou pronto para segui-lo onde quiser, mas me prometa que voltaremos se nos depararmos com alguém mais infeliz do que nós. —

Prometo-lhe — respondeu o sultão —

mas duvido muito que encontremos alguém assim. — Quanto a isso, não tenho a mesma sensação — respondeu o rei da Tartária — e penso que, talvez, nem cheguemos a viajar muito. — E, ao dizê-lo, esgueiraram-se do palácio em segredo, tomando um caminho diferente daquele por onde tinham vindo. Caminharam enquanto havia luz suficiente para indicar o rumo e passaram a primeira noite sob as árvores. Levantando-se ao raiar do dia, eles continuaram a caminhada até chegar a um belo prado à beira-mar, onde havia árvores altas e muito grossas, dispersas pelo terreno. Sentaram-se sob uma delas para relaxar e se refrescar. A infidelidade das esposas foi o assunto da conversa.

Fazia pouco tempo que haviam começado a conversar quando ouviram, muito perto, um barulho horrível vindo da beira-mar, seguido de um grito pavoroso, que os encheu de medo. Então, o mar se abriu, erguendo-se como uma grande coluna negra que parecia se perder entre as nuvens. Tal espetáculo intensificou seu medo, e eles se levantaram imediatamente, subindo ao topo da árvore que lhes pareceu a mais adequada para escondê-los. Mal haviam terminado de escalar quando, ao olhar para o lugar de onde vinha o barulho e o mar se separara, notaram que a coluna negra avançava em direção à praia, dividindo as águas; naquele instante, não puderam desvendar o que poderia ser aquilo, mas logo descobririam.

Tratava-se de um daqueles astutos e malévolos gênios, inimigos mortais dos homens. Era negro e hediondo, um gigante de altura extraordinária, e carregava na cabeça uma grande caixa de vidro, trancada com quatro fechaduras de fino aço. Ele adentrou o prado com sua carga, colocando-a ao pé da árvore em que estavam os dois príncipes, que, sabendo do extremo perigo em que se encontravam, acreditavam-se perdidos.

No entanto, o gênio se sentou perto da caixa e, abrindo-a com quatro chaves que estavam presas ao cinto, fez dela sair uma dama com ricas vestes, majestosa cintura e beleza perfeita. O monstro se sentou a seu lado e, olhando para ela com muito amor, disse: — Minha senhora, a mais talentosa de todas as damas admiradas por sua beleza, pessoa encantadora, que eu sequestrei no dia do casamento, e a quem tenho amado desde então, peço-lhe permissão de dormir alguns momentos ao seu lado, pois o sono que me oprime fez com que viesse até este lugar em busca de um pouco de descanso. — Tendo assim dito, pousou a imensa cabeça sobre os joelhos da dama, alongou as pernas que se estendiam até o mar e não tardou a adormecer, roncando de tal modo, que reverberava por toda a orla.

A dama então ergueu os olhos por acaso e, percebendo os príncipes no alto da árvore, fez-lhes sinal com a mão para que descessem sem fazer barulho. Ao se virem descobertos, assustaram-se intensamente e imploraram à mulher, também por meio de sinais, que os dispensasse de obedecê-la, ao que ela, depois de levantar gentilmente a cabeça do gênio dos joelhos e pousá-la levemente no chão, pôs-se de pé e lhes disse em um tom de voz baixo, mas enérgico: — Desçam, é imperativo que venham até mim. — Em vão, eles tentaram uma vez mais fazê-la entender com seus gestos que temiam o gênio. — Então, desçam — respondeu ela no mesmo tom — pois, se não me obedecerem sem demora, vou acordá-lo e pedirei eu mesma que os mate.

Essas palavras intimidaram os soberanos de tal maneira, que eles prontamente começaram a descer, tomando todo o cuidado possível para não despertar o gênio. Quando, por fim, chegaram ao chão, a dama os pegou pela mão e, conduzindo-os até um pouco mais longe, sob a sombra de outras árvores, fez-lhes sem rodeios uma proposta muito ousada, que, a princípio, eles rejeitaram; mas, diante de novas ameaças, foram obrigados a aceitá-la. Depois de ter conseguido o que queria deles, ela percebeu que tinham, cada um, um anel no dedo, e pediu que os dessem para ela. Com os anéis em sua posse, pegou uma das caixas em que estavam seus pertences, tirando dela um cordão enfeitado por anéis de todos os tipos e, mostrando-os aos monarcas, perguntou-lhes:

— Sabem o que significam essas joias? — Não — responderam eles — cabe a você nos dizer.

— São — continuou ela — os anéis de todos os homens a quem concedi meus favores. Há noventa e oito deles, muito bem contados, e os guardo para me lembrar de seus portadores. Pedi-lhes os seus pelo mesmo motivo, e também para completar a centena. Eis então — continuou ela — os cem amantes que já tive até hoje, apesar da vigilância e das precauções desse gênio vil que nunca me abandona. Em vão ele me encerra nesta caixa de vidro, e me mantém escondida no fundo do mar — já que continuo a enganá-lo, a despeito de suas precauções. Podem assim ver muito bem que, quando uma mulher elabora um plano, não há marido ou amante que possa impedir sua execução. A melhor forma que os homens têm de manter as mulheres obedientes é não as impedir de fazer o que querem. — Tendo lhes dito tudo isso, a dama passou os anéis pelo mesmo cordão em que pendiam os demais. Então, sentou-se como antes, levantou a cabeça do gênio, que continuou a dormir, colocou-a novamente sobre os joelhos e fez sinal para que os monarcas se retirassem.

Voltaram pelo caminho por onde tinham vindo e, quando perderam de vista a dama e o gênio, Schahriar disse a Schahzenan: — Bom, meu irmão, o que acha da aventura que acaba de acontecer conosco? O gênio não tem uma amante muitíssimo fiel? E você não concorda que não há nada comparado à malícia das mulheres? — Sim, meu irmão — respondeu o rei da Grande Tartária. — E você há de concordar que o gênio é mais digno de pena e mais infeliz do que nós. Portanto, já que encontramos o que estávamos procurando, voltemos aos nossos Estados, e que isso não nos impeça de nos casar novamente. Quanto a mim, sei quais meios hão de preservar inviolavelmente minha fé. Não quero me explicar sobre isso agora, mas você saberá a respeito um dia, e tenho certeza de que seguirá meu exemplo. O sultão concordou com o irmão, e ambos, continuando a andar, chegaram ao acampamento ao fim da noite do terceiro dia em que haviam partido.

A notícia do retorno do sultão se espalhou, e os cortesãos foram de manhã cedo ao seu pavilhão. Ele os convidou a entrar e os recebeu com um ar mais alegre do que o habitual, concedendo favores a todos. Depois disso, tendo-lhes declarado que não iria mais adiante, ordenou-lhes que montassem em seus cavalos, e retornou sem demora ao palácio.

Logo que chegou, correu aos aposentos da sultana. Fez com que fosse amarrada diante dele e a entregou ao grão-vizir, com ordens de estrangulá-la, ação prontamente executada pelo ministro, sem qualquer indagação quanto ao crime que ela cometera. O enfurecido soberano não parou por aí: cortou ele próprio a cabeça de todas as companheiras da sultana. Após esse castigo rigoroso, convencido de que não havia uma só mulher obediente no mundo — e para evitar as infidelidades que porventura acabaria por padecer no futuro — resolveu se casar com uma noiva diferente todas as noites, mandando estrangulá-la no dia seguinte. Tendo imposto a si mesmo esse decreto cruel, jurou que haveria de cumpri-lo tão logo o rei da Tartária partisse; este se despediu do sultão pouco tempo depois, carregado de magníficos presentes.

Com a partida de Schahzenan, Schahriar ordenou ao grão-vizir que lhe trouxesse a filha de um dos generais de seu exército. O vizir obedeceu. O sultão dormiu com ela e, no dia seguinte, entregando-a ao ministro com ordens de matá-la, exigiu que lhe arranjasse outra noiva para a noite seguinte. Mesmo tomado de aversão por ter de executar tais ordens, o grão-vizir era obrigado a se submeter a elas, pois devia obediência cega ao sultão, seu mestre. Trouxe-lhe, então, a filha de um oficial subalterno, igualmente morta no dia seguinte. Depois disso, veio a filha de um burguês da capital e, por fim, todos os dias, sem cessar, casava-se uma nova donzela e morria uma mulher casada.

O rumor dessa brutalidade sem precedentes causou consternação geral na cidade. Só se ouvia gritos e lamentos por todo canto. Eis ali um pai chorando desesperado pela perda da filha; acolá, afetuosas mães que, temendo o mesmo destino para suas meninas, faziam o ar ressoar seus gemidos premonitórios. Assim, em vez dos louvores e bênçãos que o sultão até então atraíra para si, seus súditos agora só eram capazes de amaldiçoá-lo.

O grão-vizir — que, como já se dissera antes, não podia evitar de ser o executor de tão terrível injustiça — tinha duas filhas: Sherazade[2], a mais velha, e Dinarzade[3], a caçula. À mais nova não faltavam méritos, ao passo que a irmã demonstrava uma coragem desconexa com seu gênero, infinitamente espirituosa, e com uma perspicácia admirável. Sempre lera muito e tinha uma memória tão prodigiosa, que era capaz de se lembrar de

2 "Filha da lua", em árabe. (N. do T.)
3 "Preciosa como o ouro", em árabe. (N. do T.)

tudo que havia lido. Dedicava-se com alegria à filosofia, à medicina, à história e às artes, tendo escrito versos melhor do que os poetas mais famosos de seu tempo. Além disso, era dotada de beleza extraordinária, e uma sólida virtude coroava todas essas belas qualidades.

O vizir amava apaixonadamente essa filha tão digna de sua afeição. Certo dia, enquanto conversavam, disse-lhe ela: — Meu pai, tenho um favor a lhe pedir, e rogo com toda a humildade que me conceda esse favor. — Não lhe recusaria nada — respondeu o pai — desde que seja algo justo e razoável. — Meu pedido não poderia ser mais justo — retrucou Sherazade — e o senhor concordará comigo ao saber da razão que me obriga a fazê-lo. Pretendo interromper o curso da barbárie que o sultão exerce sobre as famílias desta cidade. Quero dissipar o medo, mais que justificado, que tantas mães têm de perder as filhas dessa maneira tão funesta. — Sua intenção é muito louvável, minha filha — disse então o vizir — mas o mal que você quer remediar me parece sem remédio. Como pretende lhe dar fim?

— Meu pai — respondeu Sherazade — já que, por seu intermédio, o sultão celebra todos os dias um novo casamento, imploro-lhe, pela afeição e pelo carinho que tem por mim, que me conceda a honra de partilhar do leito do monarca. — O vizir não pôde ouvir essas palavras sem ficar horrorizado. — Ó, meu Deus — ele interrompeu o discurso da jovem — por acaso você enlouqueceu, minha filha? Como pode me pedir algo tão perigoso? Você sabe muito bem que o sultão jurou pela própria alma dormir com a mesma mulher uma única noite, tirando-lhe a vida no dia seguinte, e quer que eu a entregue como esposa nas mãos dele? Já percebeu ao que será exposta com seu zelo imprudente? — Sim, meu pai — respondeu a virtuosa moça — estou ciente de todos os perigos que corro, e nada é capaz de me aterrorizar. Se eu perecer, minha morte será gloriosa; se tiver sucesso em minha empreitada, prestarei um importante serviço à minha pátria. — Não, não — disse o vizir — não importa o que me diga, não tenho como permitir que se lance a esse terrível perigo, não sei como imaginou que consentiria com tal coisa. Quando o sultão me mandar enfiar a adaga em seu peito, infelizmente, terei que obedecê-lo. Que triste missão para um pai! Ah, se você não teme a morte, ao menos tenha medo de me causar a terrível dor de ver minhas mãos manchadas com seu sangue. — Peço-lhe uma vez mais, meu pai — disse Sherazade — que me conceda essa graça. — Sua teimosia — respondeu o vizir — incita minha raiva. Por que quer correr para a sua ruína? Quem não prevê o fim de uma missão perigosa não será capaz de sair dela com sucesso. Temo que aconteça com você o que aconteceu com o burro, que era feliz, mas não sabia. — E que infortúnio ocorreu com esse burro? — perguntou Sherazade. — Vou lhe contar — respondeu o vizir.

Léon Carré
1878

O BURRO, O BOI E O *Lavrador*

Um comerciante muito rico tinha várias casas no campo, onde alimentava uma grande quantidade de todo tipo de gado. Ele partiu com a esposa e os filhos rumo a uma dessas propriedades, tomando-a como sua residência oficial. O comerciante tinha o dom de compreender a linguagem dos animais, mas, com medo de colocar a própria vida em risco, não era capaz de dizê-lo a ninguém, o que o impedia de transmitir tudo que vinha a saber por meio desse dom.

Havia, em um mesmo cocho de sua propriedade, um boi e um burro. Certo dia, quando se encontrava perto deles, divertindo-se com seus filhos brincando diante de si, o comerciante ouviu o boi dizer ao burro: — Meu caro Vigilante, como você é feliz, dado o descanso de que desfruta e do pouco trabalho que exigem de você! Há um homem para cuidar de você com toda a dedicação, lavando-o, dando-lhe uma cevada bem escolhida e água limpa e fresca. Seu maior esforço é ter de carregar o comerciante, nosso dono, quando ele precisa fazer pequenas viagens. Sem ele, toda a sua vida seria de puro ócio. O modo como sou tratado é muito diferente, e minha condição é tão lamentável quanto é agradável a sua. Pouco depois da meia-noite, já me amarram a um arado, fazendo-me arrastá-lo o dia todo para sulcar a terra, cansando-me a tal ponto que, muitas vezes, faltam-me forças. E, além disso, o lavrador vive atrás de mim, batendo-me sem cessar. Meu pescoço vive esfolado, em consequência de puxar o arado.

Por fim, ao voltar para o estábulo, depois de ter trabalhado da manhã à noite, dão-me para comer umas favas ressecadas e asquerosas, sem nem sequer se darem ao trabalho de lhes remover a terra ou outras coisas, ainda mais repugnantes. Para piorar a situação, depois de me saciar com um prato tão pouco apetitoso, sou obrigado a passar a noite deitado sobre meu próprio estrume. Pode ver então como tenho motivos para invejar seu destino.

O burro não interrompeu o boi, deixando-o dizer tudo o que queria, mas, ao acabar de falar, retrucou: — Você não nega o nome idiota que lhe deram: é simplório demais, permitindo que façam consigo o que quiserem, sem tomar qualquer decisão contrária. No entanto, que vantagem lhe cabe de todas as indignidades que sofre? Você se mata pelo repouso, pelo prazer e pelo lucro daqueles que não lhe são gratos. Não o tratariam assim se você tivesse tanta coragem quanto tem força. Quando vierem amarrá-lo no arado, por que não resiste? Por que você não lhes dá umas belas chifradas? Por que não mostra sua raiva batendo os cascos no chão? Por que, afinal, não lhes aterroriza com alguns mugidos assustadores? A natureza lhe deu os meios para lhes impor respeito, e você não os usa. Servem-lhe favas e palha ruins, então não coma, simplesmente as cheire e deixe de lado. Se seguir os conselhos que lhe dou, logo verá uma mudança e me será grato.

O boi aceitou de bom grado os conselhos do burro, mostrando-se muito agradecido. — Meu caro Vigilante — acrescentou ele — certamente farei tudo o que me disse, e você há de ver como tudo se dará. — Ambos ficaram em silêncio depois dessa conversa, cujo conteúdo não escapou aos ouvidos do comerciante.

Na manhã seguinte, logo cedo, o lavrador veio buscar o boi, amarrando-o ao arado e o conduzindo ao trabalho cotidiano. O boi, que não esquecera os conselhos do burro, comportou-se muito mal durante todo o dia e, à noite — quando o lavrador o trouxe de volta ao cocho e quis amarrá-lo como de costume —

em vez de dispor a cabeça por vontade própria, começou a se fazer de teimoso e recuar, mugindo, chegando até mesmo a abaixar os chifres, como se estivesse ameaçando golpear o lavrador com eles. Fez, por fim, tudo o que o burro lhe ensinara. No dia seguinte, o lavrador veio uma vez mais buscá-lo de volta à lavoura, mas, encontrando o cocho ainda repleto das favas e da palha que colocara ali à noite, e o boi deitado no chão, com as patas estendidas e arquejando de um jeito incomum, pensou que o animal estivesse doente; apiedou-se então dele e, julgando ser inútil levá-lo ao trabalho, foi imediatamente avisar o comerciante.

O comerciante entendeu que o mau conselho do Vigilante fora seguido e, para puni-lo como merecia, disse ao lavrador: — Vá pegar o burro no lugar do boi, e trate de fazer com que ele se esforce bastante. — Assim fez o lavrador. O burro teve que puxar o arado o dia todo, cansando-se ainda mais, já que estava menos acostumado a esse tipo de trabalho. Além disso, recebeu tantas chibatadas que nem sequer se sustentava em pé ao voltar.

O boi, no entanto, estava muito feliz: ele comera tudo o que haviam colocado em seu cocho e descansara durante o dia inteiro. Estava muito satisfeito consigo mesmo, por ter seguido o conselho do Vigilante, bendizendo-lhe imensamente por todo o bem que lhe fizera, e agradeceu novamente ao vê-lo chegar. O burro não respondeu, desapontado demais pelos maus-tratos que sofrera. — Foi minha própria imprudência — disse para si mesmo — que me trouxe essa desgraça. Vivia feliz, a vida me sorria. Tinha tudo quanto poderia desejar, e é minha culpa se estou neste estado deplorável. Caso não encontre algum artifício em minha mente que me faça sair desta situação, meu destino é certo. — E, ao dizer isso, suas forças se exauriram de tal maneira, que ele caiu meio morto diante do cocho.

Nesse ponto, o grão-vizir, dirigindo-se a Sherazade, disse-lhe: — Minha filha, você está fazendo como aquele burro, correndo o risco de se perder por sua falsa astúcia. Acredite em mim, continue quietinha em seu lugar, e não procure adiantar sua morte. — Meu pai —

respondeu Sherazade — o exemplo que acaba de me relatar não será capaz de alterar minha resolução, e continuarei a incomodá-lo até que consiga que me apresente ao sultão como sua próxima esposa. — O vizir, vendo que ela ainda persistia em seu pedido, respondeu-lhe: — Muito bem! Já que não quer desistir de sua teimosia, serei obrigado a tratá-la do mesmo modo que o comerciante, de quem acabei de falar, tratou a esposa pouco depois. Eis como:

O comerciante, sabendo que o burro se encontrava em estado lamentável, ficou curioso para saber o que aconteceria entre ele e o boi. Assim, depois do jantar, ele saiu sob o luar e se sentou perto deles, acompanhado da esposa. Ao chegar, ouviu o burro dizer ao boi: — Meu compadre, suplico que me diga o que pretende fazer quando o lavrador lhe trouxer comida amanhã. — O que farei? — retrucou o boi — Vou continuar fazendo o que me ensinou. Primeiramente, vou recuar um pouco, então lhe mostrarei os chifres como ontem e fingirei que estou doente e desesperado. — Tome muito cuidado — interrompeu o burro — pois essa é a melhor forma de se arruinar: ao chegar esta noite, ouvi o comerciante, nosso dono, dizer algo que me fez tremer por você. — O que foi que ouviu? — perguntou o boi — Por favor, não me esconda nada, meu caro Vigilante. — Nosso dono — retomou o burro — disse estas tristes palavras ao lavrador: "Como o boi não está comendo e é incapaz de se sustentar em pé, quero que o matem amanhã. Nós doaremos a carne aos pobres, por amor a Deus, e a pele, que pode nos ser útil, será dada ao curtidor de couro. Então, não deixe de chamar o açougueiro". Era isso que eu tinha a lhe dizer — acrescentou o burro — o interesse que tenho em sua proteção e a amizade que sinto por você me obrigam a alertá-lo a respeito e a lhe dar novos conselhos. Primeiro, quando lhe trouxerem suas favas e sua palha, levante-se e se jogue sobre ambas com avidez; assim, nosso dono julgará que está curado e, sem dúvida, revogará sua sentença de morte. Caso contrário, você estará acabado.

Esse discurso produziu o efeito que o burro esperava. O boi ficou estranhamente perturbado e mugia amedrontado. O comerciante, que ouvira os dois com muita atenção, desatou então a rir tão alto que sua esposa ficou surpresa. — Diga-me — disse-lhe ela — por que você ri tanto, para que eu possa rir também. — Minha esposa — respondeu o comerciante — contente-se em ouvir minhas risadas. — Não — respondeu ela — eu quero saber do que se trata. — Não posso lhe dar essa satisfação — retrucou o marido — saiba apenas que estou rindo do que nosso burro acabou de dizer ao nosso boi; todo o restante é segredo, e não tenho permissão de revelá-lo a você. — E quem o impede de me revelar esse segredo? — perguntou ela. — Se eu lhe disser — redarguiu o comerciante — isso me custaria a vida. — Você está caçoando de mim — gritou então a mulher — o que está me dizendo não pode ser verdade. Se não me confessar agora o porquê de seu riso, se você se recusar a me dizer o que o burro e o boi disseram, juro pelo grande Deus que está no céu que não viveremos mais juntos.

Com essas palavras, ela voltou para casa e se postou em um canto, onde passou a noite chorando com todas as forças. O marido dormiu sozinho e, no dia seguinte, vendo que ela não parava de se lamentar, disse-lhe: — Você não é sábia o bastante, afligindo-se desse modo com algo que não vale a pena. Importa-lhe tão pouco saber do que se trata quanto me importa manter segredo. Suplico que não pense mais nisso. — Continuo a pensar de tal forma em tudo isso — respondeu a mulher — que não vou parar de chorar até que você satisfaça minha curiosidade. — Mas falo sério quando lhe digo que me custará a vida — respondeu ele — se eu ceder às suas súplicas indiscretas. — Que aconteça o que agradar a Deus — retorquiu ela — pois não vou ceder. — Vejo — continuou o comerciante — que não há como fazê-la ouvir a razão, e como pressinto que você há de se matar em virtude de sua teimosia, vou chamar seus filhos, para que tenham o consolo de vê-la uma vez mais antes de sua morte. — Convocou, então, os filhos, e também o pai, a mãe e outros parentes da mulher. Quando estavam todos reunidos e ele lhes explicou do que se tratava, usaram sua eloquência para fazer a mulher entender que estava errada em não querer desistir de sua obstinação; ainda assim, ela rejeitou tudo que lhe falavam, afirmando preferir morrer a ceder ao marido. Em vão, o pai e a mãe falaram com ela em particular, dizendo-lhe que o que ela desejava saber não tinha qualquer importância para ela — eles não puderam angariar nada de seu espírito, nem com sua autoridade, tampouco com sua conversa. Quando os filhos viram que ela insistia em rejeitar veementemente as razões que se opunham à sua teimosia, começaram a chorar de maneira aflitiva. O próprio comerciante já não sabia o que pensar. Sentado sozinho perto da porta de casa, ele já estava deliberando se sacrificaria a própria vida para salvar a da esposa, que ele tanto amava.

— Ora, minha filha — continuou o vizir, ainda falando com Sherazade — esse comerciante tinha cinquenta galinhas e um galo, além de um cão de guarda. Enquanto estava sentado, como acabo de dizer, refletindo profundamente acerca do curso que deveria tomar, ele viu o cachorro correr em direção ao galo — que avançara contra uma galinha — e o escutou falar nestes termos: — Ah, galo! Deus não permitirá que você viva por muito mais tempo! Não tem vergonha de ter feito o que fez? — O galo se empertigou todo e, virando-se para o cachorro, respondeu orgulhoso: — Por que isso deveria ser-me proibido hoje, se não o é em outros dias? — Visto que não sabe — respondeu o cachorro — devo lhe informar que nosso dono está hoje em luto profundo. Sua esposa quer que ele lhe revele um segredo que é de natureza tal, que ele perderá a vida se o fizer. E a situação está assim: todos temendo que ele não tenha firmeza suficiente para resistir à obstinação da esposa, já que a ama e se vê tocado pelas lágrimas que ela derrama sem cessar. Pode ser que ele pereça, e estamos todos alarmados nesta casa. Você é o único que, insultando nossa tristeza, tem a insolência de se divertir com suas galinhas.

O galo retorquiu desse modo à reprimenda do cachorro: — Como é tolo nosso dono! Ele tem apenas uma esposa e não é capaz de dominá-la, ao passo que tenho cinquenta, e elas só fazem o que eu quero. Que ele retome a razão, e assim logo descobrirá uma saída para o embaraço em que se encontra. — Pois bem, o que quer você que ele faça? — perguntou-lhe o cachorro. — Que ele entre no aposento onde está a esposa — respondeu o galo — e, depois de se trancar com ela, pegue uma bela vara e a golpeie mil vezes. Aposto que ela será muito obediente depois disso, deixando de pressioná-lo a relatar o que não pode lhe revelar. — Assim que o comerciante ouviu o que o galo tinha acabado de dizer, levantou-se, pegou um grande pedaço de pau, foi encontrar a esposa, que ainda chorava, trancou-se com ela e bateu tanto nela que a mulher se viu obrigada a gritar: — Chega, meu marido, chega, deixe-me, não lhe pedirei mais nada. — Ao ouvir essas palavras — e vendo que ela se arrependera de ter sido tão despropositadamente curiosa — ele parou de maltratá-la. Abriu então a porta, e todos os parentes da mulher entraram, regozijando-se ao vê-la curada da teimosia, felicitando o marido pelo afortunado expediente que ele usara para trazê-la de volta à razão. — Minha filha — acrescentou o grão-vizir — você merece ser tratada da mesma forma que a esposa desse comerciante.

— Meu pai — disse então Sherazade — por favor, não ache ruim por eu persistir em minhas decisões. A história dessa mulher não é capaz de me abalar. Eu poderia lhe contar muitas outras que o persuadiriam de que não deve se opor aos meus planos. Ademais, perdoe-me se me atrevo a dizer que o senhor se oporia em vão. Caso sua afeição paterna recusasse o favor que lhe peço, eu mesma me apresentaria ao sultão.

O pai, finalmente convencido da determinação da filha, cedeu às insistências e, embora extremamente aflito por não ter podido dissuadi-la de tão funesta resolução, foi logo procurar Schahriar para anunciar que lhe entregaria Sherazade na noite seguinte.

O sultão ficou muito surpreso com o sacrifício que seu grão-vizir estava prestes a lhe fazer. — Como pôde — perguntou — decidir-se a entregara própria filha para mim?

— Meu senhor — respondeu o vizir — foi ela quem se ofereceu. O triste destino que a espera não parece tê-la aterrorizado, e ela prefere a honra de ser esposa de Vossa Majestade por uma única noite à própria vida. — Mas não se engane, vizir — retomou o sultão — amanhã, ao recolocar Sherazade em suas mãos, espero que lhe tire a vida. Se você não o fizer, juro que vou mandar matá-lo. — Meu senhor — respondeu o vizir — certamente meu coração há de gemer ao lhe obedecer, mas minha natureza murmurará em vão. Mesmo sendo pai, sempre lhe acatarei como um membro fiel. Schahriar aceitou a oferta do ministro e lhe disse que poderia entregar a filha quando assim quisesse.

O grão-vizir foi levar a notícia a Sherazade, que a recebeu com tanta alegria como se fosse a mais agradável do mundo. Agradeceu ao pai por ter satisfeito seus desejos e, vendo-o tomado pela dor, disse-lhe — para consolá-lo — que esperava fazer com que ele não se arrependesse de tê-la casado com o sultão, dando-lhe, pelo contrário, motivos para se alegrar com esse ato pelo resto da vida.

Agora, ela só pensava em se colocar em condições de comparecer perante o sultão; mas, antes de sair, reuniu-se com a irmã, Dinarzade, a sós e lhe disse: — Minha querida irmã, preciso de sua ajuda em um assunto muito importante; por favor, não se negue a fazê-lo. Meu pai vai me entregar ao sultão como esposa. Não se deixe apavorar com essa notícia, apenas me ouça com paciência. Assim que eu estiver diante do sultão, rogarei a ele que permita que você durma no quarto nupcial, para que eu possa desfrutar de sua companhia por mais uma noite. Se ele lhe conceder essa graça — como espero que o faça — lembre-se de me acordar amanhã de manhã, uma hora antes do amanhecer, e me diga as seguintes palavras: — Minha irmã, se não está dormindo, eu lhe suplico que me conte uma das belas histórias que conhece, enquanto esperamos o dia que logo aparecerá. — Sem demora, vou começar meu conto, e tenho certeza de que, por esse subterfúgio, livrarei nosso povo da desolação em que se encontra. — Dinarzade respondeu à irmã que faria de bom grado tudo o que ela lhe pedia.

Chegada finalmente a hora de dormir, o grão-vizir conduziu Sherazade ao palácio e se retirou depois de tê-la introduzido nos aposentos do sultão. O monarca, mal tendo-a visto, ordenou-lhe que descobrisse o rosto. Achou-a tão bela que ficou encantado, mas, percebendo que estava aos prantos, perguntou-lhe o porquê. — Meu senhor — respondeu Sherazade — tenho uma irmã que amo tanto quanto sou por ela amada. Gostaria que ela passasse a noite neste quarto, para vê-la e poder lhe dizer adeus uma última vez. Poderia o senhor me dar o consolo de lhe conceder esse derradeiro sinal de minha amizade? — Schahriar consentiu, e foram buscar Dinarzade, que veio sem demora. O sultão dormiu com Sherazade, em uma plataforma muito alta, à maneira dos monarcas do Oriente, e Dinarzade ficou em uma cama que fora preparada para ela aos pés da plataforma.

Uma hora antes do amanhecer, Dinarzade acordou e fez o que a irmã havia recomendado. — Minha querida irmã — exclamou ela — se não está dormindo, eu lhe suplico que me conte uma das belas histórias que conhece, enquanto esperamos o dia que logo aparecerá. Infelizmente, esta será talvez a última vez que terei esse prazer.

Sherazade, em vez de responder à irmã, dirigiu-se ao sultão: — Meu senhor — disse-lhe — Vossa Majestade me permite dar essa satisfação à minha irmã? — De boa vontade — respondeu o sultão. — Então, Sherazade pediu à irmã que a escutasse. Em seguida, dirigindo-se a Schahriar, começou a contar uma história.

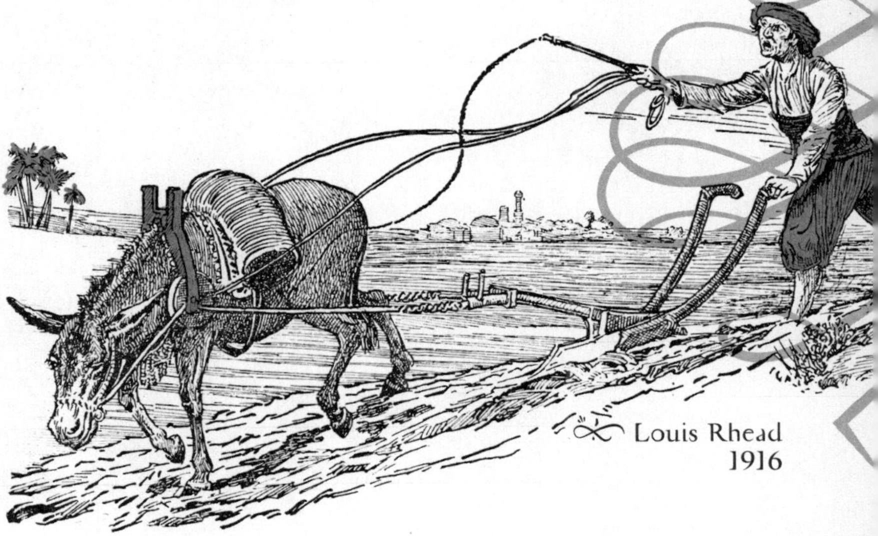

Louis Rhead
1916

Louis Rhead
1916

O MERCADOR E O Gênio

Meu senhor, era uma vez um mercador que tinha muitas posses, tanto em terras como em bens e dinheiro. Tinha também muitos assistentes, mensageiros e escravos. Como era habitual que fosse obrigado a fazer viagens para se encontrar com seus correspondentes, certo dia um assunto importante o chamou para bem longe de onde morava, fazendo-o montar em seu cavalo e partir com uma mala às costas, na qual colocara um pequeno estoque de biscoitos e tâmaras, já que teria que atravessar uma

Thomas Morten
1865

região desértica onde não encontraria nada para comer. Chegou sem incidentes ao local onde tinha negócios a tratar e, quando concluiu o que lhe chamara ali, montou uma vez mais em seu cavalo para voltar para casa.

No quarto dia de viagem, sentiu-se tão incomodado com o calor do sol e da terra aquecida por seus raios, que se desviou do caminho para ir se refrescar sob as árvores que notara no campo; encontrou ali, ao pé de uma grande nogueira, uma fonte de água muito límpida e fresca. Ele então desmontou, amarrou o cavalo a um galho de árvore e se sentou perto da fonte, depois de ter tirado algumas tâmaras e um biscoito da mala. Após comer as frutas, jogou os caroços no chão, à direita e à esquerda de onde estava. Quando terminou sua frugal refeição, como bom muçulmano, lavou as mãos, o rosto e os pés, e fez sua oração[4].

Ainda não tinha terminado, encontrando-se de joelhos, quando lhe apareceu um enorme gênio, grisalho de tão velho, e avançou até ele com um sabre na mão, dizendo-lhe com um tom de voz terrível:

4 A ablução, ato de se lavar antes da oração, faz parte de um ritual de purificação do corpo da religião muçulmana. (N. do T.)

— Levante-se, deixe-me matá-lo com esta espada, como você matou meu filho. — Àquelas palavras, o mercador retrucou com um horroroso grito. Assustado tanto com o rosto hediondo do monstro como com as palavras que ele lhe dirigira, respondeu então, trêmulo: — Ai, meu bom senhor, de que crime posso ser culpado para merecer que me tire a vida? — Quero matá-lo — retomou o gênio — assim como você matou meu filho. — Meu bom Deus! — respondeu o mercador — Como poderia ter matado seu filho? Não o conheço e nunca o vi. — Você não se sentou quando chegou aqui? — retrucou o gênio — Não tirou as tâmaras da mala e, ao comê-las, não jogou os caroços à direita e à esquerda? — Fiz exatamente como disse — respondeu o mercador — não posso negar. Assim sendo — continuou o gênio — volto a repetir que você matou meu filho, e eis o que aconteceu: na hora em que estava jogando os caroços, meu filho passava; acertou um no olho dele e meu filho acabou morrendo; devo, por isso, matá-lo. — Ah, meu senhor, perdão! — gritou o mercador. — Nada de perdão — respondeu o gênio — nada de misericórdia. Não é certo matar aquele que matou? — Concordo com o senhor — disse o comerciante — mas certamente não matei seu filho e, se o tivesse feito, teria sido com toda a inocência do mundo; assim, peço-lhe que me perdoe e me deixe viver. — Não, não — disse o gênio, persistindo em sua resolução — devo matá-lo, já que matou meu filho. — E, com essas palavras, pegou o mercador pelo braço, jogou-o de bruços e ergueu o sabre para cortar a cabeça dele.

Enquanto isso, o mercador, aos prantos e protestando por sua inocência, lastimava por sua esposa e filhos e dizia as coisas mais comoventes do mundo. O gênio, ainda com o sabre erguido, teve a paciência de esperar até que o infeliz terminasse suas lamentações, mas não se comoveu. — Todos esses protestos são inúteis — gritou ele. — Mesmo que suas lágrimas fossem de sangue, nada me impediria de matá-lo, como você matou meu filho. — O quê? — retrucou o mercador.

— Nada é capaz de comovê-lo? Presta-se então absolutamente a tirar a vida de um pobre inocente? — Sim — respondeu o gênio — estou decidido a fazê-lo. — E, ao terminar de proferir essas palavras...

Nesse ponto, Sherazade, percebendo que já era dia, e sabendo que o sultão se levantava de manhã cedo para fazer suas orações e se encontrar com seu conselho, interrompeu seu conto. — Por Deus, minha irmã — disse então Dinarzade — como sua história é maravilhosa! — A continuação é ainda mais surpreendente — respondeu Sherazade — e você concordaria comigo, se o sultão me deixasse continuar a viver por hoje e me desse permissão para lhe contar o final na noite seguinte. — Schahriar, que ouvira o conto de Sherazade com prazer, disse a si mesmo: — Vou esperar até amanhã e poderei matá-la depois de ouvir o final de sua história. — Resolvendo assim não mandar tirar a vida de Sherazade naquele dia, levantou-se para fazer suas orações e ir ao conselho.

Durante todo esse tempo, o grão-vizir se encontrava em um estado de ansiedade cruel. Em vez de desfrutar da doçura do sono, passara a noite suspirando e lamentando o destino da filha, de quem seria o carrasco. Mas, se em sua triste expectativa o que mais temia era ver o sultão, ficou agradavelmente surpreso ao avistar o monarca adentrando o conselho sem lhe dar a funesta ordem que aguardava.

O sultão, como era seu costume, passou o dia resolvendo os assuntos do império e, ao cair da noite, voltou a dormir com Sherazade. No dia seguinte, antes do raiar do sol, Dinarzade voltou a se dirigir à irmã e dizer: — Minha querida irmã, se não está dormindo, eu lhe suplico que continue a história de ontem, enquanto esperamos o dia que logo aparecerá. — O sultão nem sequer esperou que Sherazade lhe pedisse permissão, e disse: — Termine a história do gênio e do mercador. Estou curioso para saber o final. — Sherazade tomou então a palavra, e continuou sua história assim:

— Meu senhor, quando o mercador viu que o gênio ia cortar a cabeça dele, soltou um grande grito e lhe disse: — Pare. Só mais uma palavra, por favor. Tenha a bondade de me conceder um prazo: dê-me determinado tempo para me despedir de minha esposa e de meus filhos, e de compartilhar meus bens com eles por meio de um testamento que ainda não fiz, para que eles não tenham que se submeter a tal processo após minha morte. Tudo terminado, retornarei imediatamente a este mesmo local para me submeter ao que o senhor pedir. — Mas — disse o gênio — se eu lhe conceder o tempo que me pede, temo que não volte. — Se for capaz de acreditar em meu juramento — respondeu o mercador — juro pelo Deus dos céus e da terra que virei encontrá-lo aqui sem falta. — De quanto tempo quer que seja esse prazo? — perguntou o gênio. — Peço-lhe um ano — retrucou o mercador — é o tempo mínimo de que preciso para colocar meus negócios em ordem e me preparar para renunciar sem me arrepender aos prazeres que há na vida. Prometo-lhe então que, dentro de um ano a contar de amanhã, sem falta, retornarei para debaixo destas árvores, para me recolocar em suas mãos. — Toma, pois, Deus como testemunha do juramento que me fez? — perguntou o gênio. — Sim — respondeu o mercador — tomo-o como testemunha uma vez mais, e o senhor pode confiar na minha promessa. — Diante dessas palavras, o gênio o largou perto da fonte e desapareceu.

O mercador, recuperado do susto, montou no cavalo e retomou a viagem. Mas se, por um lado, alegrava-se por ter se livrado de tão grande perigo, por outro, sentia uma tristeza mortal ao pensar no inevitável juramento que fizera. Quando chegou em casa, a esposa e os filhos o receberam com todas as demonstrações de justa alegria, mas, em vez de abraçá-los da mesma maneira, ele começou a chorar de modo tão pesaroso, que eles julgaram ter acontecido algo de extraordinário com ele. Sua esposa lhe perguntou a causa de suas lágrimas e da terrível dor que o fazia tão triste. — Nós nos regozijamos — disse ela —

com seu retorno, mas, ao mesmo tempo, você nos alarma com o estado em que o vemos. Rogo que nos explique a causa de sua tristeza.

— Ai de mim — respondeu-lhe o marido — como poderia me encontrar de outra forma? Só tenho mais um ano de vida. — E, assim, contou-lhes o que ocorrera entre o gênio e ele, dizendo-lhes que havia dado sua palavra de retornar no fim daquele ano para receber a morte de suas mãos.

Quando ouviram essa tão triste notícia, todos se mostraram inconsolados. Sua esposa soltou gritos lastimáveis, batendo no rosto e arrancando os cabelos; os filhos, desmanchando-se em lágrimas, faziam a casa ressoar com seus gemidos; e o pai, cedendo à força do sangue, misturou seu choro às lamentações da família. Em suma, tratava-se do espetáculo mais comovente do mundo.

No dia seguinte, o mercador se preocupou em colocar seus negócios em ordem e se empenhou sobretudo em pagar as dívidas. Ofereceu presentes aos amigos e grandes esmolas aos pobres, libertou seus escravos de ambos os sexos, dividiu os bens entre os filhos e nomeou tutores para aqueles que ainda não eram maiores de idade. Devolvendo à esposa tudo o que lhe pertencia, segundo o contrato de casamento, favoreceu-a com tudo o que lhe podia dar, de acordo com as leis.

Por fim, o ano passou, e ele teve que partir. Arrumou a mala, colocando nela o lençol em que deveria ser enterrado; mas, ao se despedir da esposa e dos filhos, nunca se viu dor maior. Eles não conseguiam se convencer de que iriam perdê-lo, e todos queriam acompanhá-lo e morrer com ele. Ainda assim, como era preciso se forçar a abandonar tudo que lhe era querido, o mercador lhes disse: — Meus filhos, obedeço às ordens de Deus ao me separar de vocês. Imitem-me e se submetam corajosamente à Sua vontade, lembrando-se de que o destino do homem é morrer. — Ditas tais palavras, desvencilhou-se dos protestos e lamentos da família, partiu e chegou ao mesmo lugar onde vira o gênio, no dia exato em que prometera retornar. Desmontou imediatamente do cavalo e se sentou à beira da fonte, aguardando o gênio com toda a tristeza que se pode imaginar.

Enquanto ele ruminava aquela espera tão cruel, um bom velhinho, que puxava uma corça, apareceu e se aproximou dele. Eles se cumprimentaram e, em seguida, o velho lhe disse: — Meu irmão, posso saber o porquê de ter vindo a este lugar deserto, onde só há espíritos malignos e ninguém se encontra em segurança? Vendo-se tão belas árvores, era de se esperar que este lugar fosse habitado, mas se trata de um verdadeiro deserto, onde é perigoso demais ficar por muito tempo.

O mercador satisfez a curiosidade do velho e lhe contou a aventura que o obrigava a estar ali. O velho escutou com surpresa e, tomando a palavra, exclamou: — Eis a coisa mais surpreendente do mundo, e você se comprometeu com o juramento mais inviolável que existe! Gostaria — acrescentou ele — de testemunhar sua conversa com o gênio. —

Ao dizer essas palavras, sentou-se perto do mercador e, enquanto conversavam...

— Vejo que o dia já raiou — disse Sherazade. Adicionou, então: — O que resta é justamente a parte mais bela do conto. — O sultão, decidido a ouvir o fim, deixou Sherazade viver mais um dia.

Na noite seguinte, Dinarzade fez à irmã o mesmo pedido das noites anteriores: — Minha querida irmã — disse-lhe — se não está dormindo, eu lhe suplico que me conte uma das belas histórias que conhece. — Mas o sultão afirmou querer ouvir a continuação do conto do mercador e do gênio. Por isso, Sherazade retomou:

— Meu senhor, enquanto o mercador e o velho que conduzia a corça conversavam, chegou outro velho, seguido por dois cães pretos. Caminhou até os dois e os saudou, perguntando-lhes o que faziam ali. O velho com a corça lhe contou a aventura do mercador e do gênio, o que acontecera entre eles e o juramento do primeiro.

Acrescentou que aquele era o dia combinado e que estava decidido a ficar ali para ver o que aconteceria.

O segundo velho, também achando tudo aquilo digno de sua curiosidade, tomou a mesma decisão. Sentou-se com os outros e, quando mal havia entrado na conversa, apareceu um terceiro velho, que, dirigindo-se aos dois primeiros, perguntou-lhes por que o mercador que estava com eles parecia tão triste. Contaram-lhe do caso — que lhe pareceu igualmente extraordinário — e ele também exprimiu o desejo de testemunhar o que aconteceria entre o gênio e o mercador. Assim, sentou-se entre aqueles que haviam chegado antes dele.

Pouco depois, viram no campo uma névoa espessa, parecida com um turbilhão de poeira levado pelo vento. Essa nuvem avançou em sua direção e, dissipando-se subitamente, permitiu-lhes avistar o gênio, que, sem cumprimentá-los, aproximou-se do mercador, de sabre na mão, e o tomando pelo braço, disse:

— Levante-se, pois vou matá-lo como você fez com meu filho. — Tanto o mercador como os três velhos, assustados, começaram a chorar e encher o ar de gritos...

Nesse ponto, Sherazade, vendo o raiar do dia, interrompeu seu conto, e a história atiçara de tal maneira a curiosidade do sultão, que ele, movido por um intenso desejo de saber o desfecho, adiou uma vez mais a morte da sultana para o dia seguinte.

É impossível exprimir com palavras o quão grande foi a alegria do grão-vizir ao ver que o sultão não lhe ordenara que matasse Sherazade. Sua família, a corte e toda a gente ficou surpresa.

No final da noite seguinte, Sherazade, com a permissão do sultão, continuou o conto assim:

— Meu senhor, quando o velho que conduzia a corça viu que o gênio agarrara o mercador e estava prestes a matá-lo impiedosamente, jogou-se aos pés do monstro e, beijando-os, disse-lhe:

— Príncipe dos gênios, humildemente imploro que contenha sua raiva e conceda a graça de me ouvir. Vou contar minha história e a história do animal que me acompanha. Se, por acaso, achá-la mais maravilhosa e surpreendente do que a aventura deste mercador — cuja vida pretende tirar — posso confiar que se disponha a retirar desse pobre coitado um terço da culpa de seu crime? — O gênio passou certo tempo refletindo consigo acerca do pedido; por fim, respondeu: — Muito bem, fale o que tem a dizer, estou de acordo.

Walter Paget
1907

George Soper
1913

A HISTÓRIA DO PRIMEIRO Velho e da Corça

— Então — retomou o velho — vou começar minha história. Peço-lhe que me ouça com atenção. Esta corça que está vendo é minha prima e, além disso, minha esposa. Ela tinha apenas doze anos quando me casei com ela, o que me permite dizer que ela deve sempre ter me considerado mais como pai do que como marido.

Vivemos juntos durante trinta anos sem ter filhos, mas sua esterilidade não me impediu de sentir muita benevolência e amizade por ela. O desejo ímpar de ter filhos me fez comprar uma escrava, de quem tive um filho que prometia ter um destino incomensurável. Minha esposa ficou com ciúmes, enchendo-se de ódio tanto pela mãe como pela criança, escondendo tão bem seus sentimentos que só fui percebê-los tarde demais.

Entrementes, meu filho continuava a crescer, e já contava dez anos, quando me vi obrigado a fazer uma viagem. Antes de partir, confiei a escrava e seu filho à minha esposa, por quem não nutria nenhuma desconfiança, implorando-lhe que cuidasse deles durante minha ausência, que durou um ano inteiro. Ela aproveitou esse tempo para satisfazer seu ódio. Envolveu-se com magia e, quando sabia o suficiente dessa arte diabólica para realizar o horrível desígnio que planejava, a perversa levou meu filho para um lugar remoto. Ali, por meio de seus encantamentos, transformou-o em bezerro e o deu, com ordens de alimentá-lo, a meu fazendeiro, dizendo-lhe que era um animal que ela comprara. Não limitou, porém, sua fúria a esse ato abominável, e transformou a escrava em vaca, dando-a também a meu fazendeiro.

Ao regressar, pedi-lhe notícias da mãe e da criança. — Sua escrava morreu — disse-me ela — e faz dois meses que não vejo seu filho, tampouco sei o que aconteceu com ele. Fiquei comovido com a morte da escrava, mas, como meu filho apenas desaparecera, satisfazia-me com a ideia de vê-lo novamente em breve. No entanto, oito meses se passaram sem que ele voltasse ou eu tivesse qualquer notícia dele, justamente à época da festa do Grande Bairam[5]. Para as comemorações, pedira a meu fazendeiro que me trouxesse a vaca

5 Bairam (conhecido atualmente como *Eid ul-Adha* – "Festa do Sacrifício", em árabe) é o nome dado a duas festas religiosas muçulmanas: o "Pequeno Bairam" ocorre no primeiro dia do Ramadã e o "Grande Bairam", sessenta e dois dias depois do antecessor, durando três dias inteiros. (N. do T.)

mais gorda para o sacrifício, ao que ele me obedeceu prontamente. A vaca que me trouxe era a escrava, a infeliz mãe de meu filho. Amarrei-a para o ritual, porém, no instante em que me preparava para sacrificá-la, ela conteve os deploráveis mugidos, e notei que lágrimas escorriam de seus olhos. Tudo aquilo me pareceu bastante extraordinário e, sentindo-me — contra minha vontade — tomado por um movimento de piedade, não consegui golpeá-la. Ordenei então ao fazendeiro que me trouxesse outro animal.

Minha esposa, que se encontrava presente e ficara agitada com minha compaixão, resistiu a tal ordem, já que ela frustrava seus planos: — O que está fazendo, meu companheiro? — gritou ela. — Mate logo essa vaca. Seu fazendeiro não tem nada de mais belo, tampouco mais adequado para o uso a que servirá. — Sensível aos pedidos de minha esposa, aproximei-me da vaca e, combatendo a piedade que tardava o sacrifício, dispus-me a desferir o golpe mortal, até que a vítima, redobrando as lágrimas e os mugidos, desarmou-me uma segunda vez. Coloquei, então, a marreta nas mãos do fazendeiro, dizendo-lhe: — Sacrifique-a você mesmo. Seus mugidos e suas lágrimas me partem o coração.

O fazendeiro, menos sensível do que eu, sacrificou-a. Mas, ao esfolá-la, descobriu-se que tinha apenas ossos, embora nos parecesse bastante gorda. Esse fato me deixou verdadeiramente prostrado. — Tomem-na para vocês — disse ao fazendeiro — é toda sua; presenteiem-na e a ofereçam como esmola a quem quiserem. E, caso tenham algum bezerro bem gordo, tragam-no para mim. — Não perguntei o que ele fez com a vaca, mas logo depois que a havia tirado de minha frente, vi-o chegar com um bezerro bastante rechonchudo. Mesmo sem saber que aquele bichinho era meu filho, senti minhas entranhas se remexerem ao vê-lo. O bezerro, por sua vez, ao me ver, fez um esforço tão grande para vir até mim que rompeu a corda que o segurava. Jogou-se aos meus pés com a cabeça no chão, como se quisesse despertar minha compaixão, implorando-me a não cometer a crueldade de lhe tirar a vida, tentando me advertir com todas as forças de que era meu filho.

Fiquei ainda mais surpreso e tocado por suas ações do que pelo choro da vaca. Senti uma compaixão tão cheia de afeição, que acabei me interessando por ele, ou — melhor dizendo — o sangue cumpriu seu dever, tocando-me. — Vá — disse ao fazendeiro — leve esse bezerro para sua casa e cuide bem dele. Traga-me outro em seu lugar, assim que possível.

Tão logo minha esposa me ouviu dizer essas palavras, não pôde deixar de exclamar: — O que está fazendo, meu marido? Faça o que eu digo e não sacrifique outro bezerro no lugar deste. — Minha esposa — respondi-lhe — não posso sacrificar este que aqui se encontra. Quero poupá-lo e peço que não se oponha à minha vontade. — A perversa nem sequer pensou em ceder a meu pedido, já que odiava meu filho demais para me permitir salvá-lo. Insistiu no sacrifício com tanta obstinação que fui obrigado a me render. Amarrei o bezerro e, pegando a sinistra faca...

Nesse instante, Sherazade parou, pois já via o dia raiar. — Minha irmã — disse Dinarzade — estou encantada com essa história, que me prende a atenção de maneira tão agradável. — Se o sultão me deixar continuar a viver hoje — respondeu Sherazade — você verá que o que tenho a contar amanhã lhe divertirá muito mais. — Schahriar, curioso para saber o que estava para acontecer com o filho do velho que conduzia a corça, disse à sultana que ficaria feliz em saber o fim dessa história na noite seguinte.

— Meu senhor — prosseguiu Sherazade — o primeiro velho, que conduzia a corça, continuou a contar sua história ao gênio, aos outros dois velhos e ao mercador: — Tomei então a faca e estava prestes a cortar a garganta de meu filho, que, voltando languidamente para mim seus olhos banhados de lágrimas, comoveu-me a tal ponto que não tive forças para imolá-lo. Larguei a faca e disse à minha esposa que, definitivamente, queria matar outro bezerro. Ela não poupou esforços para fazer com que eu mudasse minha decisão, mas, independentemente do que me falasse, permaneci firme e prometi — apenas para tranquilizá-la — que o sacrificaria no próximo Bairam.

Na manhã seguinte, meu fazendeiro pediu para falar comigo em particular. — Vim — disse-me ele — para lhe dar uma notícia, na esperança de que me seja grato. Tenho uma filha que tem certo conhecimento de magia. Ontem, quando eu levava para casa o bezerro que o senhor se recusou a sacrificar, notei que ela se riu ao vê-lo e que, logo depois, desatou a chorar. Perguntei-lhe o porquê de ter tido duas reações tão opostas ao mesmo tempo, e ela me respondeu: — Meu pai, esse bezerro que traz consigo é o filho do nosso patrão. Ri de alegria por vê-lo ainda vivo, e chorei quando me lembrei do sacrifício que sofreu a mãe dele ontem, já que fora transformada em vaca. Essas duas metamorfoses foram fruto dos encantamentos da esposa de nosso patrão, que odiava tanto a mãe como o filho. — Eis o que minha filha me disse — continuou o fazendeiro — e vim lhe trazer a notícia.

— Ó, gênio, diante dessas palavras — continuou o velho — pode imaginar qual não foi minha surpresa! Saí no mesmo instante com meu fazendeiro para ir falar pessoalmente com a filha dele. Quando cheguei à sua casa, passei primeiro pelo estábulo onde se encontrava meu filho. Ele não era capaz de corresponder a meus abraços, mas os recebeu de tal forma, que fiquei finalmente convencido de que se tratava de meu filho.

Chegou então a filha do fazendeiro: — Minha boa menina — disse-lhe eu — você poderia devolver meu filho à sua forma original? — Sim, posso — respondeu-me ela. — Ah, se conseguir — retomei a palavra — farei de você senhora de todos os meus bens. — Ela, então, voltou-se para mim, sorrindo: — O senhor é nosso patrão, e sei muito bem de minhas obrigações para consigo, mas o previno de que só poderei restaurar seu filho à forma original diante de duas condições — primeiro, o senhor me dará seu filho como marido e, segundo, terei permissão de punir quem quer que seja que o tenha transformado em bezerro. — Quanto à primeira condição — disse-lhe eu — aceito-a de bom coração, e digo mais: prometo beneficiá-la de todas as formas possíveis, independentemente do que pretendo para meu filho. Enfim, você verá como reconhecerei o grande serviço que espero que me conceda. Quanto à condição que diz respeito à minha esposa, aceito-a de boa vontade. Alguém que foi capaz de cometer um ato tão criminoso merece ser punida por isso. Deixo-a em suas mãos, faça o que quiser — apenas lhe imploro que não tire a vida dela. — Então, vou tratá-la da mesma maneira como ela tratou seu filho. — respondeu ela. — Concordo, mas me devolva meu filho primeiro — retruquei.

Em seguida, a menina pegou um vaso cheio de água, pronunciou sobre ele palavras incompreensíveis, e se dirigiu ao bezerro: — Ó, bezerro! — disse ela — se você foi criado pelo Todo-Poderoso, o governante soberano do mundo, como aparece neste momento, permaneça nesta mesma forma; mas, se é um homem, e foi transformado em bezerro por algum encantamento, retome sua forma original, sob a permissão do soberano Criador. — Ditas essas palavras, ela jogou a água sobre o bezerro e, instantaneamente, ele retomou sua forma anterior.

— Meu filho, meu querido filho! — exclamei assim que o vi, abraçando-o com uma emoção que não podia controlar — foi Deus quem nos enviou essa jovem, para destruir o horrível encanto que o enfeitiçara e se vingar do mal que foi feito a você e à sua mãe. Não tenho dúvidas de que, por gratidão, você queira tomá-la por esposa, como eu lhe havia prometido. — Ele consentiu com alegria, mas, antes de se casarem, a jovem transformou minha esposa em uma corça, e é ela que se encontra diante de seus olhos. Desejei que tivesse essa forma

— em vez de outra menos agradável — para que pudéssemos tê-la junto à família sem sentir asco. Desde então, meu filho ficou viúvo e foi viajar. Como já se passaram vários anos desde que tive notícias, decidi pôr o pé na estrada para tentar saber o que foi feito dele e, não querendo confiar a ninguém os cuidados de minha esposa enquanto o procurava, achei conveniente trazê-la comigo em todos os lugares. Assim, eis a minha história e a história desta corça. Não é uma aventura extremamente surpreendente e admirável?

— Concordo que assim seja — disse o gênio — e, como prometido, concedo-lhe a redução de um terço da culpa deste mercador.

— Quando o primeiro velho, meu senhor — continuou a sultana — terminou sua história, o segundo — que conduzia os dois cães pretos — dirigiu-se ao gênio e lhe disse: — Vou contar agora o que aconteceu comigo e com esses dois cães pretos que aqui estão, e tenho certeza de que achará minha história ainda mais surpreendente do que a que acabou de ouvir. Porém, quando terminar de contá-la, o senhor me concederá o segundo terço do perdão deste mercador? — Sim — respondeu o gênio — desde que sua história supere a da corça.

George Soper
1913

Autor desconhecido

A HISTÓRIA DO SEGUNDO Velho e dos Dois Cães

— O, grande príncipe dos gênios, devo lhe informar que somos três irmãos: os dois cães pretos que vê, e eu, o terceiro deles. Ao morrer, nosso pai deixou mil lantejoulas[6] para cada um de nós. Com essa soma, nós três nos dedicamos à mesma profissão, tornando-nos comerciantes.

6 Moeda de ouro corrente na República de Veneza e nos países do Oriente Médio até meados do século 17. *Zecchini*, em italiano. (N. do T.)

H. J. Ford
1929

Pouco depois de abrirmos nosso negócio, meu irmão mais velho, um dos dois cães, decidiu viajar e comercializar em países estrangeiros. Para tanto, vendeu todas as suas moedas e comprou as mercadorias que desejava vender.

Então, partiu e ficou fora por um ano inteiro. Ao fim desse tempo, um pobre — que parecia ter vindo me pedir esmola, entrou em meu comércio. Disse-lhe eu: — Deus o ajude. — Deus o ajude também — respondeu ele. — Será possível que você não me reconheça? — Então, olhando-o com atenção, acabei reconhecendo-o: — Ah, meu irmão! — gritei, beijando-o — Como poderia reconhecê-lo nesse estado? — Fiz com que entrasse em minha casa, perguntei de sua saúde e do resultado da viagem.

— Não me faça essa pergunta — disse-me ele — basta olhar para mim que saberá tudo. Dar-lhe todos os detalhes das desgraças que recaíram sobre mim neste último ano, e que me reduziram ao estado em que estou, seria o mesmo que renovar minha aflição.

Fechei imediatamente meu comércio e, abandonando qualquer outra preocupação, preparei-lhe um banho e lhe ofereci as melhores roupas de meu armário.

Examinei meus registros contábeis e, descobrindo que tinha dobrado meu patrimônio, ou seja, que era então possuidor de duas mil lantejoulas, dei-lhe metade desse montante. — Com isso, meu irmão — disse-lhe eu — você poderá esquecer a perda que sofreu. — Ele aceitou de bom grado as mil lantejoulas, restabeleceu-se nos negócios e passamos a morar juntos, como no passado.

Algum tempo depois, meu segundo irmão, que é o outro cão que me acompanha, também quis dar cabo de sua herança. Nós, o mais velho e eu, fizemos tudo o que pudemos para dissuadi-lo de tal intento, mas não houve jeito. Ele trocou suas moedas por mercadorias que pudessem lhe servir aos negócios no exterior que desejava empreender. Juntou-se a uma caravana que passava por ali, e partiu. Voltou ao final de um ano nas mesmas condições do irmão mais velho. Vesti-o e, como ainda tinha mil lantejoulas além das que havia herdado, dei-lhe o excedente. Ele reabriu sua casa de comércio e continuou a exercer a profissão.

Certo dia, meus dois irmãos vieram me procurar, sugerindo que eu saísse em viagem para comercializar os produtos deles. A princípio, rejeitei a oferta. — Vocês viajaram — disse-lhes — e o que ganharam? Quem vai me garantir que serei mais afortunado do que vocês? — Tentaram em vão me mostrar tudo o que lhes parecia ser capaz de me seduzir e me dar coragem a tentar a sorte, mas não aceitei fazer parte de seus planos. No entanto, voltaram às tentativas de me persuadir tantas vezes que, depois de ter constantemente resistido por cinco anos às suas súplicas, acabei me rendendo. Mas, quando chegou a hora de fazer os preparativos para a viagem e comprar as mercadorias de que precisávamos, descobriram que tinham gastado tudo, não havendo mais nada das mil lantejoulas que lhes dera. Não os culpei em nada. Pelo contrário, como possuía seis mil lantejoulas, compartilhei metade do total com eles, dizendo-lhes: — Meus irmãos, devemos arriscar essas três mil lantejoulas e esconder as outras em algum lugar seguro, para que, se nossa viagem não for mais afortunada do que aquelas que vocês fizeram, tenhamos o suficiente para nos resguardar e retomar nossa antiga profissão. Dei então mil lantejoulas a cada um, guardei a mesma quantidade e enterrei as outras três mil em um lugar da minha casa. Compramos as mercadorias e, depois de embarcá-las em um navio que nós três havíamos fretado, zarpamos com vento favorável.

Após dois meses de navegação, felizmente chegamos a um porto marítimo, onde desembarcamos, e conseguimos negociar grande quantidade de nossas mercadorias. Quanto a mim em particular, vendi tão bem minha parte que consegui lucros a uma taxa de dez para um. Compramos então mercadorias locais, para transportá-las e negociá-las em nosso país.

No momento em que estávamos prontos para embarcar para a volta, encontrei à beira-mar uma dama muito bonita, mas muito mal-vestida. Ela se aproximou de mim, beijou minha mão e me implorou, com todas as suas forças, a tomá-la como esposa e fazê-la embarcar comigo. Disse-lhe que era impossível lhe conceder o que pedia, porém ela falou tantas coisas para me persuadir, afirmando que eu não deveria dar atenção à sua pobreza e que ficaria muito satisfeito com sua conduta, que acabei por me dar como vencido. Mandei fazer roupas limpas para ela e, depois de desposá-la legalmente, trouxe-a a bordo e partimos.

Durante a viagem, encontrei qualidades tão boas na mulher com quem acabara de casar que passei a amá-la cada dia mais. No entanto, meus dois irmãos, que não tinham feito negócios tão lucrativos quanto os meus e desgostosos com a minha prosperidade, começaram a me invejar. A fúria deles era tanta, que chegou ao ponto de eles conspirarem contra minha vida. E, certa noite, enquanto minha esposa e eu estávamos dormindo, eles nos jogaram no mar.

Minha esposa era uma fada e, consequentemente, também um gênio: já sabem então que ela não se afogaria.

Quanto a mim, certamente teria morrido sem sua ajuda, mas mal havia caído na água, ela me carregou, levando-me até uma ilha. Ao amanhecer, a fada me disse: — Meu querido marido, mesmo salvando sua vida, ainda não o recompensei pelo bem que me fez. Já sabe que sou uma fada, mas saiba também que, ao encontrá-lo à beira-mar, quando estava prestes a embarcar, senti-me fortemente atraída por você. Quis então testar a bondade de seu coração. Assim, apareci disfarçada diante de sua vista, e você foi extremamente generoso comigo. Estou muito feliz por ter encontrado a oportunidade de lhe expressar minha gratidão. Entretanto, estou furiosa com seus irmãos e não ficarei satisfeita enquanto não lhes tirar a vida.

Ouvia admirado o discurso da fada. Agradeci-lhe o melhor possível pela grande obrigação que tinha para com ela, mas lhe disse: — Minha dama querida, peço-lhe que perdoe meus irmãos. Mesmo que eu tenha motivos para me queixar deles, não sou cruel o suficiente para querer sua morte. — Contei-lhe o que fizera pelos dois, e minha história aumentava a indignação dela contra eles: — É preciso — exclamou ela — que eu vá atrás desses traidores e ingratos imediatamente, e me vingue sem demora. Vou submergir o navio deles e jogá-los no fundo do mar. — Não, minha bela dama — retruquei — em nome de Deus, não faça nada a respeito, modere sua ira; lembre-se de que são meus irmãos, e que se deve fazer o bem, e não o mal.

Acalmei a fada com essas palavras e, logo que as pronunciei, ela me transportou em um único instante da ilha onde estávamos para o telhado de minha casa, que ficava em uma elevação, desaparecendo no momento seguinte. Desci, abri as portas e desenterrei as três mil lantejoulas que havia escondido. Fui então ao local onde ficava meu comércio, reabri a loja e recebi os cumprimentos dos meus vizinhos comerciantes pelo meu retorno. Ao voltar para casa, vi esses dois cachorros pretos, que se aproximaram de mim com ar submisso. Não sabia o que aquilo significava e fiquei muito surpreso; a fada, no entanto, logo apareceu e me esclareceu tudo: — Meu marido — disse-me ela — não se surpreenda ao ver esses dois cachorros em sua casa, trata-se de seus dois irmãos. — Estremeci ao ouvir tais palavras, e perguntei que tipo de poder lhes metamorfoseara àquele estado. — Fui eu quem lhes fez isso — respondeu ela. — Na verdade, dei a minha irmã a permissão de fazê-lo e, ao mesmo tempo, também lhe disse para afundar seu navio. Você perdeu os bens que lá havia, mas vou recompensá-lo de outra maneira. Quanto a seus irmãos, condenei-os a permanecer dez anos nessa forma, pois a traição que cometeram os torna muito merecedores dessa penitência. — Por fim, depois de me dizer onde poderia obter notícias a seu respeito, desapareceu.

Agora que os dez anos se completaram, estou indo buscá-la e, ao passar por aqui, encontrei este mercador e o bom velhinho que conduz sua corça, e parei para lhes fazer companhia. Esta é minha história, ó príncipe dos gênios. Não lhe parece extraordinária?

— Concordo — respondeu o gênio — e, por isso, também concedo em seu favor a redução do segundo terço da pena pelo crime que o mercador cometeu contra mim.

Assim que o segundo velho terminou sua história, o terceiro falou, fazendo o mesmo pedido que os dois primeiros haviam feito ao gênio, ou seja, perdoar ao mercador a última e terça parte de seu crime, supondo que a história que ele tinha a contar superasse em eventos singulares as duas anteriores que acabara de ouvir. O gênio lhe fez a promessa que fizera aos outros.

O terceiro velho contou sua história ao gênio. Não vou relatá-la, pois não chegou ao meu conhecimento, mas sei que se mostrou tão superior às anteriores, pela diversidade de maravilhosas aventuras que continha, que o gênio ficou atônito. Mal ouviu o fim, disse ao terceiro ancião: — Concedo-lhe o perdão do último terço do crime do mercador, e ele deve agradecer aos três por o terem libertado com suas histórias, pois, sem vocês, ele não estaria mais neste mundo. — E, com essas palavras, desapareceu, para o deleite de todos.

O mercador não deixou de retribuir a seus três libertadores todas as graças que lhes devia. Regozijaram-se por vê-lo fora de perigo e, em seguida, despediram-se, e cada um retomou seu caminho. O mercador voltou para sua esposa e filhos, e passou o resto dos dias tranquilamente com eles. — Mas, meu senhor — acrescentou Sherazade — por mais belas que sejam as histórias que contei a Vossa Majestade até então, não se aproximam em beleza da história do pescador.

Louis Rhead
1916

Louis Rhead
1916

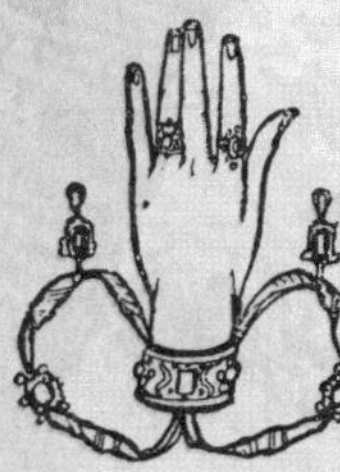

A HISTÓRIA DO Pescador

— Meu senhor, era uma vez um pescador muito velho, e tão pobre que mal conseguia ganhar o suficiente para sustentar a esposa e os três filhos que compunham sua família. Ele ia pescar todos os dias de manhã cedo, e tinha como regra lançar as redes apenas quatro vezes por dia.

Determinada manhã, o homem partiu ainda sob o luar, foi até a costa, despiu-se e lançou as redes. Ao puxá-las para terra, logo sentiu certa resistência e, pensando ter conseguido uma boa pescaria, já começava a se regozijar. No instante seguinte, no entanto, percebendo que em vez de peixes havia em suas redes apenas a carcaça de um jumento, passou a lamentar ter feito uma pesca tão ruim. Ainda assim, depois de reparar as redes, rompidas em diversos pontos pela carcaça do jumento, lançou-as pela segunda vez. Ao puxá-las, sentiu novamente muita resistência, o que o levou a pensar que estavam cheias de peixes; mas, desta vez, ele encontrou apenas uma grande cesta cheia de cascalho e lama. Sentiu então extrema aflição. — Ó, Fortuna — gritou ele, com uma voz lamentável — pare de se zangar comigo, e de perseguir um miserável que lhe pede para poupá-lo. Deixei minha casa para vir aqui buscar minha vida, e você anuncia minha morte. Não tenho outra profissão para subsistir esta que tenho e, apesar de todos os cuidados que tomo, mal consigo suprir as necessidades mais prementes de minha família. Mas não tenho razão em reclamar com você, já que tem prazer em maltratar as pessoas honestas e lançar grandes homens na obscuridade, ao passo que favorece os ímpios e exalta aqueles privados de virtude, tornando-os pessoas altamente recomendáveis.

Acabando com suas lamentações, atirou bruscamente o cesto e, depois de ter lavado muito bem as redes, que a lama sujara, atirou-as pela terceira vez. Mas, nelas só encontrou pedras, conchas e dejetos. Não seria possível explicar a dimensão de seu desespero, mas basta dizer que estava a ponto de perder completamente a cabeça. Ainda assim, já que o dia começava a raiar, como um bom muçulmano, ele não se esqueceu de fazer suas orações, acrescentando depois: — Meu Deus, o Senhor sabe que só lanço minhas redes quatro vezes por dia. Já desperdicei três vezes sem ter tirado nenhum fruto do meu trabalho. Só me resta uma vez, e lhe rogo que torne o mar favorável, como foi feito a Moisés.

Terminada a oração, o pescador lançou as redes pela quarta vez. Quando julgou ter conseguido alguns peixes, puxou-as como antes, com certa dificuldade. No entanto, não havia nenhum pescado, apenas um vaso de cobre amarelo, que, pelo peso, parecia estar cheio de alguma coisa; notou que continuava fechado, lacrado com chumbo e contendo um selo impresso na tampa. Ficou então muito feliz. — Vou vendê-lo ao fundidor — disse ele — e, com o dinheiro que ganhar, comprarei uma medida de trigo.

Ele examinou o vaso de todos os lados e o sacudiu para ver se o que estava dentro fazia barulho. Não ouviu nada, o que — com o selo na tampa chumbada — fez-lhe pensar que deveria haver algo precioso em seu interior. Para esclarecer o mistério, pegou a faca e, com certa dificuldade, abriu o vaso. E, imediatamente, entornou o bocal para o chão, mas não havia nada lá dentro, o que o deixou muito surpreso. Postou o vaso diante de si e, enquanto o olhava com atenção, começou a sair dele uma fumaça muito espessa, obrigando-o a recuar dois ou três passos.

A fumaça subiu até as nuvens e, espalhando-se sobre o mar, formou uma espessa neblina; todo aquele espetáculo, como se pode imaginar, causou extraordinário espanto ao pescador. Quando toda a fumaça saiu do vaso, rearranjou-se e se tornou um corpo sólido, formando um gênio duas vezes mais alto do que o maior de todos os gigantes. Diante de um monstro de tamanho tão desproporcional, o pescador quis fugir, mas estava tão perturbado e assustado que não foi capaz de se pôr a andar.

— Salomão — exclamou logo o gênio — Salomão, grande profeta de Deus, perdão, perdão! Nunca vou me opor a seus desejos. E obedecerei a todos os seus comandos.

Assim que o pescador ouviu as palavras que o gênio havia proferido, tranquilizou-se e falou: — Espírito soberbo, o que está dizendo? Já se passaram mais de mil e oitocentos anos desde que Salomão, o profeta de Deus, morreu, e nos encontramos agora no fim dos tempos. Conte-me sua história e com que propósito foi trancado neste vaso.

Diante dessa colocação, o gênio, olhando para o pescador com um ar orgulhoso, respondeu-lhe: — Fale-me com mais polidez, tem muita ousadia em me chamar de espírito soberbo. — Ora essa! — retrucou o pescador — Por acaso falaria com mais polidez o chamando de coruja da felicidade? — Estou lhe dizendo — respondeu o gênio — para ter mais civilidade ao falar comigo, antes que eu o mate. — Mas por que me mataria? — respondeu o pescador — Acabei de libertá-lo, já se esqueceu? — Não, me lembro muito bem — respondeu o gênio — mas isso não me impedirá de matá-lo, e tenho apenas um desejo a lhe conceder. — E que desejo é esse? — perguntou o pescador. — É a graça — respondeu o gênio — de deixá-lo escolher como quer que o mate. — Mas de que maneira o ofendi? — retrucou o pescador. — É assim que me recompensa pelo bem que lhe fiz? — Não posso tratá-lo de outro modo —

disse o gênio — e, para que você se convença, ouça minha história:

— Sou um dos espíritos rebeldes que se opuseram à vontade de Deus. Todos os outros espíritos reconheceram o grande Salomão, profeta de Deus, e se submeteram a ele. Fomos os únicos, Sacar e eu, que não queriam se humilhar dessa forma. Para se vingar, esse poderoso monarca encarregou Assaf, filho de Barakhia, seu primeiro-ministro, de vir me prender, o que ele fez. Assaf veio me capturar e me conduziu à força diante do trono do rei, seu senhor. Salomão, filho de Davi, ordenou-me que deixasse meu modo de vida, reconhecesse seu poder e me submetesse a seus mandamentos. Recusei-me terminantemente a obedecê-lo, preferindo me expor a toda a sua animosidade a lhe fazer o juramento de fidelidade e submissão que exigia de mim. Para me punir, trancou-me neste vaso de cobre e, para estar seguro de que permaneceria em seu interior, sem que tivesse qualquer possibilidade de tentar sair, estampou ele mesmo na tampa de chumbo seu selo, em que se via gravado o grande nome de Deus. Feito isso, colocou o vaso nas mãos de um dos espíritos que haviam lhe obedecido, com ordens de me jogar no mar, o que — para meu grande pesar — foi prontamente executado. Durante o primeiro século de minha prisão, jurei que, se alguém me libertasse dela antes do termo dos cem anos, eu o tornaria rico, mesmo depois de sua morte. Entretanto, o século passou, e ninguém me prestou esse bom serviço. Durante o segundo século, jurei abrir todos os tesouros da terra a quem me libertasse, mas não fui mais afortunado. No terceiro, prometi fazer do meu libertador um poderoso monarca, estar sempre perto dele em espírito e lhe conceder três pedidos por dia, não importando sua natureza — mas este século também passou como os outros, e eu continuava no mesmo estado. Por fim, entristecido, ou melhor, enfurecido por me ver prisioneiro por tanto tempo, jurei que, se alguém me libertasse dali em diante, eu o mataria sem piedade, e não lhe concederia outro pedido além da escolha do tipo de morte que poderia ter. É por isso que, visto que me libertou no dia de hoje, poderá escolher a forma como quer que eu o mate.

Esse discurso afligiu demasiadamente o pescador. — Sou muito infeliz — exclamou ele — por ter vindo a este lugar prestar tão grande serviço a um ingrato. Considere, por favor, sua injustiça, e revogue um juramento tão irracional. Perdoe-me, e Deus o perdoará da mesma maneira. Se me poupar a vida com toda a sua generosidade, estará protegido de quaisquer tramas que se formarem contra a sua. — Não, sua morte é certa — disse o gênio — basta-lhe escolher como quer que eu o mate. — O pescador, vendo-o resoluto na decisão de matá-lo, sentiu imensa agonia, não tanto por amor à vida, e sim em virtude de seus três filhos, reduzidos à completa miséria como consequência de sua morte. Tentou uma vez mais persuadir o gênio. — Por Deus! — retomou a palavra. — Tenha pena de mim, em consideração ao que fiz pelo senhor. — Já lhe disse — respondeu o gênio — que é justamente por isso que sou obrigado a lhe tirar a vida. — É muito estranho — retrucou o pescador — que você queira absolutamente retribuir um bem com o mal. Diz o ditado que quem faz o bem a quem não o merece é sempre mal pago. Confesso que acreditava ser um provérbio falso — aliás, nada ofende mais a razão e as regras da sociedade — no entanto, vejo por experiência própria que isso é uma verdade cruel demais. — Não vamos perder mais tempo — interrompeu o gênio — nenhum de seus argumentos poderá me desviar de meu plano. Diga logo como quer que eu o mate.

A necessidade atiça o intelecto. O pescador pensou em um estratagema. — Como não posso evitar a morte — disse ele ao gênio — submeto-me, então, à vontade de Deus. Mas antes de escolher um tipo de morte para mim, imploro pelo grande nome de Deus que foi gravado no selo do profeta Salomão, filho de Davi, que me diga a verdade acerca de uma questão que tenho a lhe propor.

Quando o gênio percebeu que lhe era feita uma súplica que o obrigava a responder de forma positiva, estremeceu e disse ao pescador: — Pergunte-me o que quiser, mas logo. — O pescador, então, disse: — Gostaria de saber se, efetivamente, o senhor estava neste vaso. Ousaria jurar pelo grande nome de Deus? — Sim — respondeu o gênio — juro por esse grande nome que estava no interior do vaso, isso nada mais é do que a verdade. — Não posso acreditar de boa-fé no senhor — replicou o pescador. — Este vaso não poderia conter nem sequer um de seus pés, como poderia então encerrar todo o seu corpo? — Ainda assim, juro — disse o gênio — que lá estava, exatamente como sou. Continua a não acreditar em mim, mesmo depois do grande juramento que lhe fiz? — Na verdade, não — respondeu o pescador — e não vou acreditar a menos que me mostre.

Então, todo o corpo do gênio se dissolveu, transformando-se em fumaça, e se estendendo como antes pelo mar e pela costa e, tendo se reagrupado logo depois, começou a entrar no vaso uma vez mais, em um processo lento e uniforme, até que não restasse mais nada do lado de fora. Imediatamente, ouviu-se do interior uma voz dizendo ao pescador: — Muito bem, incrédulo pescador, aqui estou eu no vaso. Acredita em mim agora?

O pescador, em vez de responder ao gênio, pegou a tampa de chumbo e fechou rapidamente o vaso: — Grande gênio — gritou ele — peça-me agora misericórdia ou escolha de qual morte quer morrer. Não, é melhor que eu o jogue de volta no mar, no mesmo lugar de onde havia tirado este vaso; depois, vou construir uma casa nesta praia, onde permanecerei para avisar todos os pescadores que vierem lançar suas redes que tomem cuidado para não pescar um gênio do mal como esse, que jurou matar quem o libertasse.

Ao ouvir essas palavras ofensivas, o gênio, irritado, fez todos os esforços para sair do vaso, mas todo o seu empenho foi inútil, já que a impressão do selo do profeta Salomão, filho de Davi, impedia-o de sair. Assim, vendo que o pescador estava em vantagem sobre ele, decidiu fingir tolerância. — Nobre pescador — disse ele, com um tom gentil — por favor, não faça o que acabou de dizer. Estava apenas brincando quando o ameaçava, e não deveria ter levado tudo aquilo a sério. — Ó, gênio — respondeu o pescador — há muito pouco tempo era você o maior dos gênios, mas não passa agora do mais desprezível deles. Saiba que seus discursos engenhosos não lhe servirão para nada. Você vai voltar para o mar. Se ficou lá todo esse tempo que me disse, poderá lá ficar até o dia do julgamento. Pedi-lhe, em nome de Deus, que não me tirasse a vida, e você negou meus pedidos. Sou obrigado a lhe retribuir o favor.

O gênio não poupou esforços para tentar comover o pescador: — Abra o vaso — disse ele — imploro que me restitua a liberdade. Prometo que ficará contente com minhas atitudes daqui em diante. — Você não passa de um pérfido! — respondeu o pescador —

Eu mereceria perder minha vida se tivesse a imprudência de confiar em você. Tenho certeza de que me trataria do mesmo modo que certo rei grego tratou o médico Dubã. Eis uma história que gostaria de lhe contar.

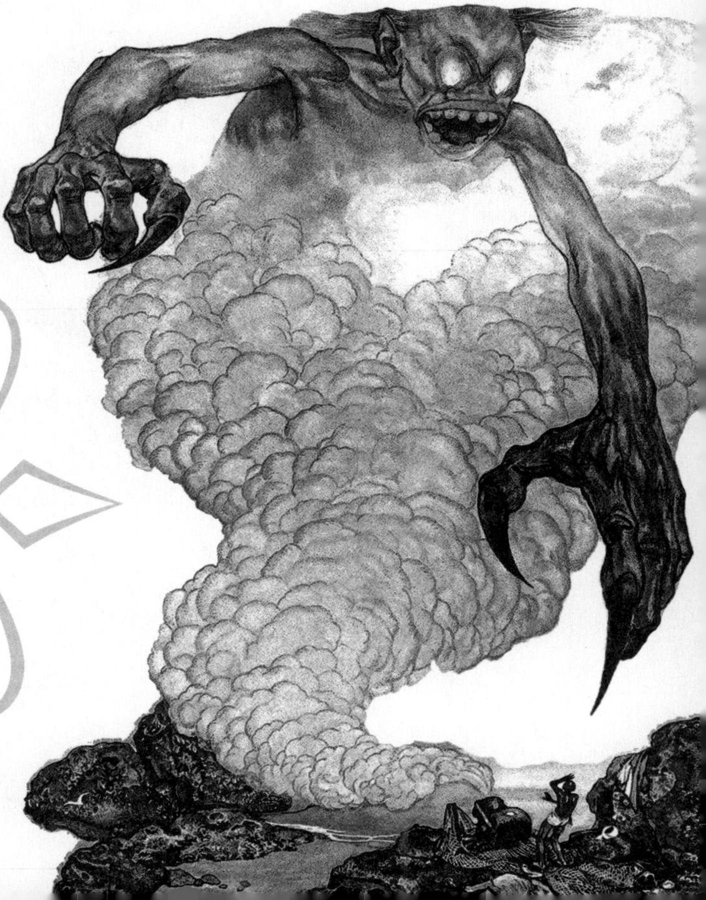

Léon Carré
1878

Louis Rhead
1916

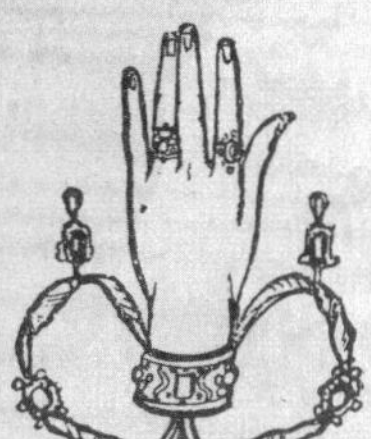

A HISTÓRIA DO Rei Grego e do Médico Dubã

Havia na região de Zuman, na Pérsia, um rei cujos súditos eram, originalmente, gregos. Esse monarca tinha o corpo infestado pela lepra, e seus médicos, depois de terem usado em vão todos os seus remédios para curá-lo, não sabiam mais o que lhe prescrever; foi quando um médico muito habilidoso, chamado Dubã, chegou à sua corte.

Esse médico havia extraído seu conhecimento de livros gregos, persas, turcos, árabes, latinos, sírios e hebraicos. Além disso, era versado em filosofia e tinha muita familiaridade com as boas e más qualidades de todos os gêneros de plantas e drogas. Assim que foi informado da doença do rei e soube que seus médicos o haviam desenganado, vestiu-se da maneira mais elegante possível e encontrou uma forma de se apresentar diante do soberano. — Meu senhor — disse-lhe ele — sei que todos os médicos a que Vossa Majestade recorreu não conseguiram curá-lo da lepra, mas, se me der a honra de aceitar meus serviços, comprometo-me a curá-lo sem beberagens ou preparados. — O rei ouviu sua proposta. — Se você for hábil o suficiente — respondeu ele — para me curar, prometo tornar rico tanto você como seus descendentes e, além dos presentes que lhe darei, farei de você meu favorecido mais querido. Garante-me então que é capaz de me livrar da lepra, sem que eu tenha que tomar nenhuma poção e sem me aplicar nenhuma medicação tópica? — Sim, senhor — respondeu o médico — prometo-lhe que conseguirei, com a ajuda de Deus. A partir de amanhã, vou lhe dar provas do que digo.

Assim sendo, o médico Dubã se retirou para sua casa, arranjou um mallet de croquet[7] e descosturou o interior da alça, na qual colocou o medicamento que pretendia usar. Feito isso, também preparou especialmente uma bola e, no dia seguinte, foi com esses apetrechos se apresentar ao rei. Prostrando-se a seus pés, ele beijou o chão e, depois de fazer uma profunda reverência, pediu ao rei que montasse no cavalo e fosse ao jardim jogar croquet. O rei fez o que lhe foi dito e, quando chegou ao local destinado ao jogo de croquet, o médico se aproximou dele com o mallet que havia preparado e o entregou nas mãos do monarca:

— Tome aqui, meu senhor — disse-lhe — jogue com este mallet e com essa bola, até sentir sua

7 Esporte de origem irlandesa que consiste em passar bolas de madeira ou plástico por entre hastes de metal até um destino, usando uma espécie de marreta, chamada mallet. (N. do T.)

mão e seu corpo começarem a suar. Quando o remédio que coloquei no cabo do mallet for aquecido por sua mão, ele penetrará em todo o seu corpo e, tão logo comece a suar, basta parar de se exercitar para que o remédio comece a fazer efeito. Assim que estiver de volta a seu palácio, entre na banheira, lave-se e esfregue-se. Depois, vá se deitar; e, quando se levantar amanhã de manhã, já estará curado.

O rei pegou o mallet e conduziu o cavalo até a bola que havia lançado. Bateu nela, e os oficiais que jogavam com ele a lançaram de volta; golpeou-a novamente e, por fim, o jogo durou tempo suficiente para que tanto a mão como todo o corpo do monarca se pusessem a transpirar. Assim, o remédio contido na alça do mallet funcionou como o médico dissera. O rei, então, parou de jogar, voltou ao palácio, entrou no banho e fez tudo exatamente como o médico lhe prescrevera. Ao se levantar no dia seguinte, percebeu, com um misto tanto de espanto como de alegria, que a lepra estava curada e seu corpo estava completamente limpo, como se nunca tivesse sido atacado por tal doença. Logo que se vestiu, entrou na sala de audiências públicas, subiu ao trono e se mostrou a todos os cortesãos, que haviam chegado cedo, ansiosos por saber do resultado do novo tratamento. Quando viram o rei perfeitamente curado, todos se mostraram extremamente felizes.

O doutor Dubã entrou na sala e foi se prostrar aos pés do trono, com o rosto no chão. O rei, vendo-o, chamou-o, fez com que se sentasse a seu lado e o mostrou à assembleia, fazendo-lhe publicamente todos os elogios que merecia. O monarca não parou por aí: enquanto toda a corte se empanturrava naquele mesmo dia, fez com que o médico comesse com ele à sua própria mesa, sem mais ninguém com os dois; e, no fim do dia, quando estava na hora de dispensar a assembleia, presenteou-o com um longo manto muito rico, semelhante ao que os cortesãos costumavam usar em sua presença; além disso, ofereceu-lhe duas mil lantejoulas. Nos dias seguintes, não parou de lhe fazer mimos. Enfim, acreditando que nunca poderia reconhecer suficientemente as obrigações que tinha para com um médico tão habilidoso, o rei o cobria de novos benefícios dia após dia.

Ora, esse rei tinha um grão-vizir que era avarento, invejoso e naturalmente capaz de toda sorte de crimes. Era-lhe difícil ver com prazer os presentes que eram ofertados ao médico, cujos méritos, aliás, começavam a enfurecê-lo; resolveu, então, envenenar a mente do rei contra ele. Para ter sucesso, dirigiu-se ao monarca e lhe disse em particular que tinha um aviso da maior importância para lhe dar. O rei perguntou do que se tratava: — Meu Senhor — disse-lhe ele — é muito perigoso para um rei confiar em um homem cuja fidelidade não foi testada. Ao cobrir o doutor Dubã de presentes, ao lhe fazer todos os mimos que Vossa Majestade tem feito, o senhor não desconfia que ele é um traidor que entrou nesta corte apenas para assassiná-lo. — Quem lhe disse isso que ousa vir repetir a meus ouvidos?

— respondeu o rei. — Não percebe que é comigo que está falando, dizendo-me algo em que não serei capaz de acreditar levianamente? — Meu senhor — respondeu o vizir — tenho completa e total certeza daquilo que tenho a honra de lhe afirmar. Por isso, não confie mais em uma companhia perigosa. Se Vossa Majestade dorme, é hora de acordar, pois vou repetir, o doutor Dubã só saiu das profundezas da Grécia, sua pátria, e se estabeleceu em sua corte, simplesmente para empreender o terrível plano de que falei. — Não, não, meu vizir — interrompeu o rei — estou certo de que esse sujeito, a quem você chama pérfido e traidor, é o mais virtuoso e o melhor de todos os homens; não há ninguém no mundo que eu ame mais do que ele. Sabe você com que remédio, ou melhor, com que milagre, ele me curou de minha lepra? Se ele quer me tirar a vida, por que a teria salvo? Bastava-lhe me abandonar à minha própria doença, pois eu não tinha mais esperanças, já me esvaíra quase completamente. Portanto, pare de querer me instigar com suspeitas injustas:

em vez de ouvi-las, aviso-lhe que, a partir de hoje, darei a esse grande homem uma pensão vitalícia de mil lantejoulas por mês. Mesmo quando compartilhava com ele toda a minha riqueza e até mesmo meus Estados, ainda assim não lhe pagava o suficiente pelo que ele fez por mim. Vejo do que se trata, a virtude dele incita sua inveja; mas não pense que vou permitir que me envenene injustamente contra ele. Lembro-me muito bem do que certo vizir disse ao rei Sindbad, seu mestre, para impedi-lo de matar o príncipe, seu próprio filho. — Meu senhor — disse o vizir — peço a Vossa Majestade que me perdoe se tenho a ousadia de lhe perguntar o que o vizir do rei Sindbad disse a seu mestre para dissuadi-lo de matar o príncipe, seu próprio filho. — O rei teve a bondade de atender seu pedido. — Esse tal vizir — respondeu ele — depois de ter dito ao rei Sindbad - segundo a alegação de sua sogra - que ele deveria ter medo de fazer uma ação da qual pudesse se arrepender depois, contou-lhe a História do Marido e do Papagaio.

Arthur Szyk
1948

A HISTÓRIA DO Marido e do Papagaio

Um bom homem tinha uma bela esposa, a quem amava tão apaixonadamente que a perdia de vista o mínimo possível. Certo dia, quando negócios urgentes o obrigaram a se afastar dela, esse homem se dirigiu a um lugar onde havia todo tipo de pássaro à venda; ali, ele comprou um papagaio que não só falava muito bem, como também tinha o dom de relatar tudo o que fosse feito em sua presença.

J. Willis-Grey
1890

Trouxe-o em uma gaiola para casa, implorou à esposa que o colocasse no quarto e cuidasse dele durante a viagem e, depois disso, partiu.

Ao regressar, interrogou o papagaio sem demora acerca do que se passara durante sua ausência; o pássaro, então, contou-lhe coisas que o levaram a repreender sua esposa com veemência. Ela suspeitou que uma das escravas a traíra; todas, no entanto, juraram ter-lhe sido fiéis, e afirmaram que deveria ter sido o papagaio quem dera ao marido tão terríveis informações.

Prevenida pelas escravas, a esposa começou a refletir sobre uma maneira de eliminar as suspeitas do marido e, ao mesmo tempo, vingar-se do papagaio. Encontrou-a afinal: como o marido saíra para uma viagem de apenas um dia, ela ordenou a uma escrava que girasse um moinho manual durante toda a noite sob a gaiola do pássaro; a outra, que jogasse água, como se fosse chuva, do alto da gaiola; e, a uma terceira, que movesse sem parar um espelho diante dos olhos do papagaio, à direita e à esquerda da luz de uma vela. As escravas passaram grande parte da noite fazendo o que a patroa lhes ordenara, e se comportaram com bastante comprometimento.

No dia seguinte, o marido estava de volta e questionou uma vez mais o papagaio sobre o que acontecera em casa, e o pássaro lhe respondeu: — Meu bom mestre, os relâmpagos, os trovões e a chuva me incomodaram tanto a noite toda, que não posso exprimir o quanto sofri. — O marido, que sabia muito bem que não havia chovido nem trovejado na noite anterior, ficou convencido de que o papagaio — faltando com a verdade naquele momento — também mentira quanto à sua esposa. E, na sua frustração, tirou-o da gaiola e o jogou com tanta violência no chão que acabou por matá-lo. Mais tarde, no entanto, soube pelos vizinhos que o pobre papagaio não lhe mentira ao falar sobre a conduta da esposa, o que o levou a se arrepender de tê-lo matado.

— E quanto a você, vizir — acrescentou o rei — por causa da inveja que nutre contra o doutor Dubã, que não lhe fez mal nenhum, espera que eu o mate. Mas eu cuidarei bem dele, por medo de me arrepender, como esse marido que se arrepende de ter matado seu papagaio.

O nocivo vizir tinha grande interesse na morte do doutor Dubã para esquecer de tudo aquilo. — Meu senhor — retrucou ele — a morte do papagaio foi de pouca importância, e não acredito que seu mestre tenha se arrependido por muito tempo. Mas por que o medo de oprimir um inocente o impede de matar aquele médico? Não é suficiente que seja suspeito de querer tentar tirar sua vida para que autorize a perda da dele? Quando se trata de garantir a vida de um rei, uma mera suspeita deve passar por certeza, e é melhor sacrificar o inocente do que salvar o culpado. Contudo, meu senhor, não há nada de incerto aqui: o doutor Dubã quer assassiná-lo. Não é a inveja que me arma contra ele, meu único interesse é a preservação de Vossa Majestade, é o meu zelo que me leva a lhe dar conselhos de tão grande importância. Se estiver errado, merecerei ser punido da mesma forma que qualquer outro vizir já foi punido. Com tais palavras, Sherazade já se preparava para começar uma nova história.

Impressão e Acabamento
Gráfica Oceano